MONOGRAPHIE

EMPLOYÉS DU CHŒUR ET OFFICIERS

DE LA

CATHÉDRALE D'AMIENS

PAR L'ABBÉ MAURICE LEROY

Chapelain de la Cathédrale

Membre Résidant de la Société des Antiquaires de Picardie

Curé du Quesnel (Somme)

MONTDIDIER

IMPRIMERIE J. BELLIN

—

1911

MONOGRAPHIE

EMPLOYÉS DU CHŒUR ET OFFICIERS

DE LA

CATHÉDRALE D'AMIENS

DU MÊME AUTEUR

1. **Pages d'histoire locale :** Grandcourt. Année 1897.

2. **Histoire du village de Grandcourt.** Ouvrage couronné par la Société des Antiquaires de Picardie (Prix Le Prince). Année 1902.

3. **Histoire de Morlancourt.** Ouvrage couronné par la Société des Antiquaires de Picardie (Prix Le Prince). Année 1903.

4. *Monographies paroissiales.* **Guide pour les recherches historiques.** Année 1904.

5. **Histoire des Chapelains de la Cathédrale Notre-Dame d'Amiens.** Ouvrage publié dans les Mémoires de la Société des Antiquaires de Picardie. Année 1908.

6. **Le Quesnel et Saint-Mard-en-Chaussée.** Année 1911.

MONOGRAPHIE

EMPLOYÉS DU CHŒUR ET OFFICIERS

DE LA

CATHÉDRALE D'AMIENS

Par l'Abbé Maurice LEROY

Chapelain de la Cathédrale

Membre Résidant de la Société des Antiquaires de Picardie

Curé du Quesnel (Somme)

MONTDIDIER

IMPRIMERIE J. BELLIN

—

1911

A SA GRANDEUR

ILLUSTRISSIME ET RÉVÉRENDISSIME

Monseigneur Jean-Marie-Léon DIZIEN,

ÉVÊQUE D'AMIENS.

———————

Monseigneur,

Dans son numéro du 10 septembre 1909, la « Revue Septentrionale : Flandre, Artois, Picardie », louait l'auteur de l' « Histoire des Chapelains d'Amiens », de « pénétrer dans la vie même de la « cathédrale et d'initier le public au secret des an- « ciennes institutions qui en animaient les autels ».

Je n'aurais qu'à demi mérité cet éloge, si je m'étais, en plein labeur, arrêté dans le sillon ré- clamant de moi de nouveaux efforts.

Autour, en effet, de ceux qui, pendant sept cents ans, prêtèrent leur concours au Chapitre pour la célébration des fêtes de la liturgie, évoluait tout un monde de plus modestes employés. Ils avaient, eux aussi, comme fonctions, d'ajouter à la splendeur

du culte, dans l'un des plus beaux monuments religieux que nous ait légués le moyen âge.

C'est tout ce monde d'officiers de la cathédrale :
préchantres, chantres, musiciens, enfants de la maîtrise, employés de la Trésorerie, chambellans et
sergents, organistes, clercs, valets et sonneurs qu'il
s'agit de mettre en relief en traitant ici de leurs
différents emplois.

Vos encouragements, Monseigneur, contribuèrent
dans une large mesure à la poursuite de mon entre-
prise. Ma joie sera de savoir que vous avez pour
agréable, malgré leur imperfection, ces quelques
pages ajoutées aux précédentes.

Maurice LEROY,

Chapelain de la Cathédrale,
Curé du Quesnel

Amiens, le 20 Novembre 1911.

Mon cher Curé,

Je vous louais, en février 1908, de votre belle et solide Étude ayant pour titre Histoire des Chapelains de Notre-Dame d'Amiens, *étude que vous deviez compléter par la monographie* Employés du chœur et Officiers de la Cathédrale. *Ce dernier ouvrage doit paraître incessamment.*

L'activité intellectuelle chez vous va de pair avec le zèle sacerdotal et voici que vous nous donnez une importante Histoire du Quesnel et de Saint-Marden-Chaussée.

Il m'est agréable une fois de plus de vous féliciter.

Je retrouve, dans vos nouveaux volumes, plus nettes encore peut-être, les qualités qui caractérisent vos autres publications : érudition, sincérité, clarté d'exposition, intérêt croissant des premiers chapitres aux derniers.

Et je ne suis guère que l'écho d'une voix très autorisée et trop chère au Quesnel pour ne point applaudir aux studieuses recherches de l'historien qui en a si bien écrit.

Pour votre Évêque, il s'estime heureux de constater combien, parmi les membres de son clergé, sont tenus en estime l'honneur et les joies du travail intellectuel. Après les labeurs sacrés du ministère, les prêtres ne sauraient, en effet, trouver meilleur emploi de leur temps.

Vous êtes de ceux-là.

Recevez, mon cher Curé, avec mes félicitations, la nouvelle assurance de mon attachement en Notre Seigneur.

† Léon, *Évêque d'Amiens.*

EMPLOYÉS DU CHŒUR ET OFFICIERS

DE LA

CATHÉDRALE D'AMIENS

EMPLOYÉS DU CHŒUR ET OFFICIERS

DE LA

CATHÉDRALE D'AMIENS

CHAPITRE PREMIER

Préchantre, Chantres et Musiciens

ARTICLE PREMIER

Office du préchantre et du chantre.

ORIGINE. — La création du titre de préchantre remonte aux premières années du XIIIe siècle.

Elle est le fait d'Évrard de Fouilloy, 45e évêque d'Amiens.

Le prélat, ayant a se conformer aux décisions du quatrième concile de Latran auquel il avait pris part en 1215 [1], rétablit en sa cathédrale l'office de *pénitencier*, qui n'existait plus. Mais, pour l'honneur

---

1. *Actes de l'Église d'Amiens*, t. I, p. 41.

de son Église et l'avantage de son diocèse, il y adjoignit ceux *d'écolâtre*, pour la direction des écoles et de *préchantre*, pour la bonne exécution du chant. Donc, par une charte de la veille de Pâques, année 1218, il ajouta trois personnats à ceux déjà possédés par sa cathédrale. Il attribua le premier à la *pénitencerie*, le deuxième à *l'écolâtrerie*, le troisième à la *préchantrerie*.

A l'écolâtre, il assigna 23 livres et au pénitencier 20 livres à percevoir annuellement sur les revenus des autels de Saint-Maxent et de Ramburelles. Il fit en même temps aux curés de ces paroisses une obligation de remettre cette somme aux titulaires des dits personnats.

Au préchantre, il attribua les revenus précédemment assignés au chantre du Chapitre. Pour en indemniser ce dernier, il lui assura annuellement 25 livres de rente sur les revenus de sa *Trésorerie*. Il le fit, en attendant de pouvoir les lui assigner sur les revenus d'autels dont il aurait un jour la libre disposition. Chantre et préchantre furent appelés à occuper, au chœur, l'une des stalles hautes faisant face à l'autel et réservées aux dignitaires ecclésiastiques. Le préchantre eut la première et le chantre la deuxième venant immédiatement après celle du doyen du Chapitre.

FONCTIONS. — Le préchantre et le chantre furent chargés d'installer les chanoines. Le premier devait le faire dans les stalles hautes ; le second dans les stalles basses de la cathédrale. Ils furent simul-

tanément chargés aussi de l'admission et de la
direction des enfants de chœur. Le renvoi de ces
derniers dépendait également d'eux, et le sujet mis
en cause ne pouvait reprendre ses fonctions que du
consentement du maître qui l'avait mis dehors. Au
préchantre d'assister à la répétition des morceaux
qu'ils devaient exécuter ; au chantre de réprimer
les fautes dont ils se rendaient coupables. Au
chantre et au préchantre de régir le chœur en
commun, à certaines fêtes de l'année. Ces fêtes
étaient Noël, l'Épiphanie, Pâques, l'Ascension, la
Pentecôte, la Trinité, les quatre fêtes de la sainte
Vierge — celle de la Conception n'étant pas encore
établie. Il y avait en outre, les deux fêtes de saint
Firmin, martyr, les deux fêtes de saint Jean-Baptiste, la fête de saint Fuscien et celle de saint
Firmin-le-Confesseur ; les fêtes de saint Honoré,
de la Dédicace, de saint Pierre et de saint Paul,
de sainte Marie-Madeleine et de la Toussaint. Aux
fêtes du rite double, c'était au chantre qu'il appartenait de régir le chœur avec l'un des chanoines.
Lors des ordinations et de la consécration du Saint-
Chrême, des bénédictions d'abbés et le premier jour
du synode diocésain, le préchantre régissait seul
le chœur. Le chantre se substituait à lui le second
jour de la réunion synodale. Le préchantre avait à
fixer les fêtes de l'année ; le chantre, à rédiger les
feuilles de chant ou tables de l'office. Il fut aussi
convenu qu'en l'absence du chantre ou du préchantre, celui des deux qui serait présent au chœur

y remplirait les fonctions de l'autre. Enfin l'évêque
se réserva d'ajouter à ces diverses fonctions celles
qui seraient jugées nécessaires et le Chapitre avait,
à ce sujet, les mêmes droits que lui [1].

Dans des notes non encore inventoriées, mais
attribuées au chanoine Vilman, se trouvent quelques modifications à la charte d'Évrard de Fouilloy.
Les fêtes où le préchantre doit régir le chœur y
sont moins nombreuses. Il y est dit aussi que le
préchantre et le chantre simultanément dirigeront
le chant des deux classes de la maîtrise de la
cathédrale [2].

Le préchantre, qui avait la principale direction
du chœur, réglait aussi, par provision [3], les contes-

1. *Cartulaire du Chapitre édité par la Société des Antiquaires*,
t. I, p. 197.
2. Fondation du préchantre, en 1218. — *De tribus personna-
libus additis in ecclesiâ Ambianensi.* — Evrardus, divina permis-
sione, Ambianensis ecclesiæ minister humilis... Duo sic autem
distincta sunt dictorum personnatuum. Præcentor proximum
stallum post decanum, cantor proximum stallum post præcen-
torem habebunt. Præcentor in superiori stallo canonicos instal-
labit, cantor in inferiori. Uterque dabit regimen duarum scho-
larum cantus. Præcentor et cantor simùl regent chorum, in
Nativitate Domini, in Epiphania, in Pascha, in Ascensione, in
Pentecoste, in festo Trinitatis, in quatuor festis beatæ Virginis,
in duobus festis beati Joannis ; in ordinationibus, in consecra-
tione chrismatis, in benedictionibus abbatum præcentor chorum
reget. In synodo prima dies est præcentoris, secunda dies cantoris. Præcentor officium anni prænunciabit et in iis omnibus,
si alter absens fuerit, ille qui præsens erit, supplebit defectum.
Cantoris erit scribere tabulam cantorum : si quid autem ad
ipsorum officia adjiciendum fuerit, consilio nostro et Capituli
disponetur. (*Archives de la Somme.* Notes non inventoriées qui
sont attribuées au chanoine Vilman).
3. Provisoirement.

tations qui pouvaient naître à raison de chant et de la célébration des offices. En certaines cathédrales, il était nommé *primicier* parce qu'il était le premier dignitaire. Le chantre avait la régie du chœur sous l'autorité du préchantre.

REVENUS. — D'après la déclaration de Me Glachant, du 7 avril 1728, *le préchantre* avait comme revenus :

Une portion de dîme sur le terroir de Louvrechy. Cette portion de dîme était affermée moyennant 2 muids de blé, mesure du Chapitre. Elle était évaluée, à raison de 40 livres 19 sols le muid de blé... 81 livres 18 sols ;

Une autre portion de dîme sur les terroirs de Bourseville et de Martaineville, affermée 110 livres ;

Soixante-seize setiers et demi de blé, mesure d'Amiens, et cinquante-huit setiers et demi d'avoine à prendre sur les terres d'Acheux, évalués : le blé à 2 livres 2 sols, 160 livres 13 sols ; et l'avoine à 30 sols, 87 livres 15 sols ;

Un droit de dîme à Paillart, 4 livres.

Dû par la communauté des Chapelains, à cause du personnat de Nibas, 3 livres. — Total des revenus, 447 livres 6 sols.

Il y avait comme charges :

Réparations au chœur de l'église de Louvrechy, 13 livres.

Voiturage des grains à prendre sur le terroir d'Acheux, 36 livres.   Total. 52 livres

Reste net.   .   .   .   . 395 livres 6 sols.

D'après la déclaration du 2 novembre 1729, par M⁰ Denis Baudet de la Pierre, la *chantrerie* avait à cette époque :

Un fief situé à Hercelaine, nommé le *fief du chantre*, avec justice moyenne et basse. De ce fief mouvaient et relevaient plusieurs masures, au nombre de 8 ou 10. Ces masures devaient environ 40 sols de censives par an au total, et, en cas de vente, les droits seigneuriaux.

Trente boisseaux de blé et trente boisseaux d'avoine, mesure de Gamaches, pour un renvoi dû, chaque année, par le prieur de Gamaches ;

Un droit de dîme sur les terroirs d'Hercelaine et d'Hélicourt, le tout affermé, sans charges, moyennant 300 livres.

Les charges consistaient en 20 livres dues, comme honoraires, aux officiers de justice ; 20 livres pour réparations et entretien des chœurs aux églises d'Hélicourt et d'Hercelaine ; 5 livres aux hauts vicaires de la cathédrale pour la direction du chœur aux matines et aux secondes vêpres des fêtes de seconde classe ; 5 livres pour dépense des feuilles des tables d'office de chaque semaine et des grandes fêtes. Total : 50 livres.

Reste net. . . 250 livres (¹).

Contestations. — L'ennui, dit-on, naquit un jour de l'uniformité.

La preuve en est dans le fait suivant.

Au XVIIᵉ siècle, chantre et préchantre, qui oc-

(1) Darsy, *Bénéfices*, T. I, pp. 15 et 16.

cupaient au Chœur les deux premières places après
celle du doyen du Chapitre, prétendirent garder la
présidence et se refusèrent, en l'absence de ce dernier et de l'évêque, à régir le chœur comme à
l'habitude. Ils furent, pour ce motif, conviés à
s'expliquer en réunion capitulaire du 4 février 1654.
Les raisons alléguées par eux en faveur de leur
conduite furent peu concluantes. Ils le comprirent
si bien qu'ils acquiescèrent sans difficulté aux con-
clusions prises, contre eux, par le Chapitre. Ce
dernier en profita pour leur remémorer leurs devoirs. Il leur rappela que, en vertu du titre de
fondation de la préchantrerie et de la chantrerie, ils
devaient, même en l'absence du doyen du Chapitre
et de l'évêque, régir le chœur et porter le bâton
cantoral aux fêtes solennelles désignées dans le
titre même de la fondation. Il fut reconnu que, en
cas d'empêchement, ils devaient se faire remplacer
par des chanoines ayant, comme eux, les bâtons
cantoraux à la main (1). Avant de se séparer, les

(1) *Chapitre du 4 février 1654.* — Les chanoines et le chapitre
de l'église d'Amiens, le doyen absent, certifient à tous ceux
qu'il appartiendra que, par le titre de la fondation du préchantre
et du chantre, les jours solennels désignés esquels ils sont
tenus de régir le chœur et porter le bâton : même es dits jours
solennels, le doien et l'évêque absens, le chapitre prétend que
les dits préchantre et chantre sont obligez, de régir le chœur
avec le baston et pour l'avoir refusé en quelques unes des festes
dénommées par le titre, ils furent mis en cause par le chapitre,
et enfin acquiescèrent à la conclusion prise contre eux par le
chapitre, en cas d'indisposition et empêchement des dits préchantre et chantre, ils sont tenus faire faire leurs charges par
d'autres chanoines, lesquels portent bastons. Même en la pré-

chanoines-prêtres firent valoir le droit qu'ils s'étaient acquis de régir le chœur avec des bâtons cantoraux, en la fête de leur patron, saint Jean l'Évangéliste.

PRÉCHANTRES.

Foulques (1160) (¹).
Mauritius (1234-1260).
Lefèvre Etienne (1458).
Jean-Baptiste Lemaire (1555).
Masselin Anthoine(1546-1562).
Pièce Jean (1590).
Dutilloy Jean (1631).
Desprez Jean (1632).
Leclercq Alexandre (1627-1639).
Tonnelier Charles (1653).
Joyeux (1660).
Flamand Antoine (1685).

sence des dits préchantre et chantre, les chanoines régissent le chœur avec bastons, le jour de saint Jean l'évangéliste que les prestres chanoines font leur fête dans la dite église. Signé : CARON. (Notes non inventoriées du chanoine Vilman).

(1) Avant 1218, « il est parlé du préchantre en plusieurs endroits du Cartulaire du chapitre, même en 1150 ; mais cette dignité ne faisait qu'une avec la Chantrerie » (*Recueil des décisions capitulaires, ms. p. 167.* — ARCHIVES DE LA SOMME).

En 1660, Foulques, préchantre, abandonne à l'abbé du Gard l'autel d'Yseux, du consentement de l'évêque Thierry de qui il le tenait en fief. A cause de cet abandon, l'abbaye du Gard, dont l'abbé était présentateur, fut chargée de payer à Wibert de Iseu 3 muids de blé par an. L'évêque Thibault confirma cette cession en 1170. (*Inventaire du Gard, T. II, pp 119 et 126.* — ARCHIVES DE LA SOMME).

Houlon Nicolas (1687).
Le Caron Pierre (1698).
Glachant Antoine (1709-1728).
Leclercq Louis (1745-1763).
Baslin Jean-Baptiste (1789).

CHANTRES

Alays Pierre (1) (1431).
Balochart Jean (1458).
Mauconvenant (de) Regnaut (1516-1546).
Lameth (de) Christophe (1551).
Marthonie (de la) Raymond (1609).
Vérité (de) Adrien (1610).
Wateblé Pierre (1613).
Bocquelet Nicolas (1620).
Barré (1657).
Baudet-Lapierre Denis (1721).
Court (de la) (1757).

---

(1) Il donne par testament, de 1431, quarante sols parisis de cens pour les nouvelles orgues placées au-dessus du grand portail de la cathédrale. Il veut que cette rente serve ensuite à leur entretien.

ARTICLE DEUXIÈME

Chantres et musiciens.

HISTORIQUE. — *Amiens bien chanté,*
Corbie bien sonné,

répétait autrefois la voix populaire.

Rien n'était plus vrai ! Quand les seize cloches de l'abbaye de Saint-Pierre lançaient au loin leurs flots d'harmonie, le peuple qui les écoutait était émerveillé. De même n'en revenait-il pas d'admiration quand il entendait, sous les voûtes de la cathédrale d'Amiens, les cent soixante voix ou environ de chanoines, chapelains, enfants de chœur, chantres et musiciens, redire jour et nuit les louanges de Dieu [1].

C'est que, de temps immémorial, le Chapitre d'Amiens tint à la majesté du culte.

Pour lui donner plus de relief, « il entretint long-
« temps, à gages, des enfants de chœur et un
« nombre suffisant de musiciens et de chantres, soit
« clercs soit laïques [2]. Leur nombre ne fut d'abord

---

1. *Histoire des Chapelains de la cath.*, par M. l'abbé LEROY, p. 63.
2. ARCHIVES DE LA SOMME, G. 541. On voit, par le compte de Jean Barbe, trésorier, en 1518, qu'il y avait, outre les chapelains, d'autres chantres ; on y lit : « A sire Pierre Latrent, pour avoir chanté tout au long des octaves, à l'ostension du chef Saint Jehan XIII sols ». Le 13 mai 1735, le chapitre réclame, en faveur de Jean-François-Nicolas Vasseur, clerc tonsuré, Jean-François Nève et Antoine-Firmin Durant, l'exemption du service militaire, disant, entre autres choses, qu'ils « sont dans le cas d'être pourvus sous peu de chapelles ».

« pas fixe. On en comptait parfois seize et moins
« quelquefois, car aucune fondation ne correspon-
« dait au rôle rempli par eux. Le chapitre tenait
« compte, à leur endroit, des ressources dont il dis-
« posait. Tous, chantres et musiciens, étaient
« connus dans l'Église d'Amiens, sous le nom de
« vicaires ».

« Quoique les vicaires aient eu quelquefois des
« fonctions communes qu'ils remplissaient conjoin-
« tement, telles que l'assistance aux offices, la des-
« tination de chacun d'eux, dans ces offices, était
« néanmoins différente et variée, selon les talents,
« c'est-à-dire selon les différentes parties et carac-
« tères de voix et instruments dont la réunion et
« l'accord étaient nécessaires pour former un bas
« chœur dans une grande église. Chacun des vi-
« caires était choisi et admis relativement au talent
« qui lui était propre. L'un parce qu'il était haute-
« contre, l'autre parce qu'il était basse-contre ;
« celui-ci parce qu'il jouait d'un instrument, celui-
« là parce qu'il jouait d'un autre ».

« C'était en vue de ces talents particuliers que
« le chapitre les gageait plus ou moins ».

« Comme il y avait soixante chapelles, on a pensé
« que si l'on attachait des bénéfices de cette nature
« aux places de vicaires ci-devant simples gagistes,
« il serait plus facile de trouver des sujets suffi-
« sants et capables » [1].

1. Archives de la Somme, G. 1051.

Ce passage, d'un assez long mémoire conservé dans le fonds du Chapitre, aux Archives de la Somme, nous explique comment, dès janvier 1312, les chanoines décidèrent que huit chapellenies, à leur collation, seraient affectées, quand elles viendraient à vaquer, à des vicaires remplissant les fonctions de chantres [1].

Il en fut de la sorte jusqu'au xve siècle. A cette époque, le Chapitre adressa une requête à Martin V pour obtenir « de rendre amovibles douze chapellenies ». Son but était « de les donner à douze prêtres ou clercs qui seraient tenus d'assister aux offices du chœur » [2].

Il fit valoir plusieurs raisons en faveur de sa supplique. Il dit que, précédemment, il y avait « seize chapelains promus aux ordres et huit petits clercs spécialement chargés d'assister, nuit et jour, aux offices de la cathédrale ». Il avait été pourvu par des fondations à leur subsistance. Toutefois, « les biens de ces fondations ayant diminué par suite des pertes, des famines, des guerres, des mortalités et autres calamités publiques, les revenus en étaient insuffisants à l'entretien des titulaires ». On dut, par suite, « réduire le nombre des vicaires au détriment du service de l'Église d'Amiens ». En conséquence, le Chapitre demandait l'autorisation d'attribuer à des vicaires douze chapellenies de

1. En 1327, statut capitulaire ordonnant de ne donner les chapelles vicariales qu'à des sujets promus aux ordres sacrés.
2. DARSY, *Bénéfices*, T. I, p. 62.

la cathédrale qui étaient sans charges, savoir : 2 de Saint-Etienne, 4 de Saint-Quentin, 2 de Saint-Maur, 1 de Saint-Honoré, 1 de Saint-Jacques qui venaient s'ajouter aux deux chapellenies de Saint-Nicolas-aux-pauvres-Clercs [1].

Il fut répondu par bulle datée du Vatican, le 13 des calendes d'octobre (19 septembre) 1427, l'an X du pontificat de Martin V.

Le document fut adressé à l'abbé de Saint-Jean d'Amiens.

On y voit le Pape déférer à la supplique du Chapitre. Toutefois, en se proposant d'exciter l'émulation des vicaires par l'appât de ces bénéfices, il ne voulut pas les exposer à se relâcher de leurs devoirs et de leurs services, dans l'assurance d'un émolument irrévocable. C'est pourquoi, si ces 12 chapelles furent affectées et destinées aux vicaires privativement, avec affranchissement de toute impétration en cour de Rome [2], ce ne fut que sous la condition de fonctions assidûment remplies par les vicaires. Il fut entendu que si l'un d'entre eux se mettait dans le cas d'être privé de son emploi ou voulait s'en démettre, il perdrait par là sa chapelle qui serait conférée à un autre vicaire. Par ce moyen,

---

1. ARCHIVES DE LA SOMME. *Inventaire des Chapelains*, Arm. I, L. 3, n° 2. — *Invent. du Chapitre*, T. I, pp. 264-268. — *Chapitre*, G. 998. — *Chapelains vicariaux*, L. 24, n° 4 et 5. — DARSY, *Bénéfices*, T. I, p. 60.

2. Il s'agit ici de la collation directe, sans impétration (pour confirmation) en cour de Rome. Il est donc question, pour parler différemment, d'investiture, d'envoi en possession.

Martin V, à l'occasion de l'affectation de ces chapelles, n'altérait pas absolument l'autorité que le
Chapitre avait précédemment exercée sur les vicaires. Même, pour conserver des vestiges de cette
autorité primitive, le Chapitre établit l'usage d'appeler chaque année, aux chapitres généraux du lendemain de Saint-Firmin, tous les vicaires, soit
clercs, soit laïques, et de leur faire déposer sur le
bureau leurs aumusses et leurs bonnets carrés en
reconnaissance de leur dépendance vis à vis de lui.
Il leur rappelait aussi que leurs chapellenies étaient
révocables par le Chapitre.

Par arrêt du 29 mars 1536, le Parlement ordonna
de ne donner ces chapelles qu'aux officiers et aux
chantres de la cathédrale.

La conséquence de ces décisions fut, pour les
chanoines, l'obligation de nommer comme chantres
des sujets aptes à remplir les fonctions qui devaient
être les leurs et pouvant être utiles au service religieux « par le chant, la lecture, la psalmodie du
jour et de la nuit, selon la coutume de l'Église
d'Amiens » [1].

Les chantres eurent, eux, la liberté d'opter pour
d'autres chapellenies quand ils ne purent plus
remplir les fonctions pour lesquelles ils étaient
payés [2].

La cour de Rome permit de les contraindre à se

1. ARCH. DE LA SOMME, G. 996.
2. *Ibid.*, G. 964.

démettre de leur charge *ob defectum vocis*, s'ils venaient à perdre la voix [1].

Le Chapitre eut soin de disposer des meilleures chapellenies en faveur des chantres ou vicaires qui avaient plus de talent, le produit de ces douze chapellenies n'étant pas à beaucoup près le même [2]. Enfin, défense fut faite aux chapelains vicariaux de s'absenter sans autorisation du Chapitre, sous peine de 100 sols parisis d'amende annuellement. La même peine était portée contre ceux qui, résidant à Amiens, n'exerçaient pas leurs offices à la cathédrale, par malice, négligence ou paresse [3].

ÉMOLUMENTS. — Les chantres, avons-nous dit, étaient payés en raison de leur talent et de leurs services ; c'est-à-dire « selon les différentes parties « et caractères de voix et instruments dont la réu- « nion et accord étaient nécessaires pour former « un bas chœur dans une grande église » [4].

Les titulaires de Saint-Etienne percevaient annuellement de leur chapellenie, vers 1730, le premier, 2 muids de blé, 2 muids d'avoine et 18 livres d'argent ; le deuxième, 4 muids 1/2 de blé évalués à 40 livres 19 sols l'un, soit 184 l. 5 s. 6 d., même quantité d'avoine évaluée à 29 l. 5 s. le muid, 131 l. 12 s. 6 d., soit au total 315 l. 18 s. [5]

1. Arch. de la Somme, G. 1007.
2. *Ibid.*, G. 1051.
3. *Ibid.*, G. 998.
4. Rivoire, *Descript. de la cath. d'Amiens*, p. 218,
5. *Histoire des Chap. de la cath.*, par M. l'abbé Leroy, p. 323.

2

Les titulaires de Saint-Quentin percevaient annuellement, en 1789, un revenu, le premier, de 280 livres ; le deuxième, de 348 livres ; le troisième, de 755 livres et le quatrième, de 500 livres [1].

Les titulaires de Saint-Maur avaient un revenu, le premier, de 140 livres et le second, de 336 livres, en 1789 [2].

Le titulaire de Saint-Honoré percevait net, chaque année, 100 livres 10 sols et celui de Saint-Jacques, 606 livres de revenu, en 1789 [3].

Les deux titulaires de Saint-Nicolas-aux-pauvres-Clercs avaient, chacun, un revenu net de 209 livres, en 1730 ; de 920 livres, en 1789 [4].

D'après ces indications, l'on voit qu'en raison de ses capacités et du surcroît de labeur de sa charge, le maître de musique devait être le mieux rétribué des chantres de la cathédrale. Aussi, par délibération capitulaire de 1658, la cinquième chapellenie de Saint-Quentin, la mieux dotée de toutes, lui fut-elle exclusivement attribuée [5].

Il est à peine besoin d'en faire la remarque : les chantres avaient droit, en dehors de ces revenus, à ce qu'on appelait les *distributions manuelles*, pour assistance au chœur.

Ils avaient également droit à certaines distribu-

1. Voir, pour les détails, *Histoire des Chapelains de la Cath.*, par M. l'abbé LEROY, p. 368.
2. *Ibid.*, p. 379.
3. *Ibid.*, pp. 311-312-389.
4. *Ibid.*, pp. 316-317.
5. ARCH. DE LA SOMME, G. 1051.

tions fixes ou éventuelles, leur permettant de vivre facilement. La preuve en est dans les déclarations des biens du Chapitre faite par Nicolas de Lestocq, Forcedebras, cellérier, et Cadot, syndic.

Nous trouvons, parmi les charges, une somme de 5500 livres comme gages des vicaires musiciens ; droits qui se payent chaque semaine.

Nous trouvons une autre somme de 2000 livres à partager entre chanoines vicariaux, chapelains, vicaires et autres officiers de la cathédrale. Il y a aussi une somme de 2000 livres à distribuer chaque année aux pointeurs, organistes et autres officiers [1].

L'Université des chapelains payait à son tour, annuellement, 6 livres 15 sols 6 deniers aux grands et petits vicaires ; 300 livres aux officiers, au nombre de quatorze, pour leurs honoraires ; 310 livres pour le chant des graduels et des alleluia, pour arrangement des tapis et pour gages, en partie, de celui qui avait soin d'allumer les lampes pendant les *Gaude* [2].

La *Trésorerie*, dont nous aurons à parler plus loin, venait aussi en aide aux chantres de la cathédrale. Dans le compte rendu par Jean Barbe, du 12 septembre 1518 au 12 septembre 1519, on lit : « pour les revêtus qui ont assisté autour de Mon- « seigneur à la grand'messe, le jour de Pâques, « vi sols ».

---

1. Darsy, *Bénéfices*, T. I, pp. 33-34.
2. *Ibid.*, T. I, p. 43.

« Au maistre des enfants, pour avoir chanté et
« associé avec ses enfants, tant à l'ostension que
« en reportant le chef de saint Jehan, VIII sols ».

« A sire Pierre Latrent, pour avoir chanté tout
« au long des octaves, à l'ostension du chef de
« saint Jean, XIII sols ».

« A été présenté par trois divers jours, durant
« les octaves de la Décollation de saint Jehan-Bap-
« tiste, à Mons. le Chantre, à cause qu'il a monstré
« le chef sainct Jehan, trois quesnes de vin etc... » [1].

Enfin, le 11 février 1734, M. de Cadiou, prévôt
des grands chapelains et musiciens de Notre-Dame,
reconnaît avoir reçu de M. Hubault, prévôt de
l'Université, 12 livres pour les « alleluia » et 12
sols de cens pour une maison, cour Sire-Firmin-
Leroux [2].

ASSOCIATION. — L'ensemble ou réunion des chantres et musiciens de la cathédrale formait une association, une *Compagnie* qui avait un maître ou
prévôt et aussi son registre. On tenait même « chapitre de l'ordre de la Compagnie » [3].

On trouve la preuve de cela dans le fait suivant.

En 1649, la chapelle de Saint-Quentin resta
vacante par remercîment du sieur Gaudefroy. Elle
fut donnée au sieur Jollier, ancien maître de musique à Cambrai et autres lieux.

---

1. ARCH. DE LA SOMME, G. 541. — La quenne était un grand pot
tout doré et ciselé à feuilles de chêne (*Invent. du duc d'Anjou*,
§ 167, an 1360).
2. Note de M. Robert GUERLIN.
3. ARCH. DE LA SOMME, G. 1051.

On remarqua vite qu'il manquait d'assiduité et de circonspection. Le Chapitre en appela contre lui au chef de la compagnie qui, après plusieurs avis domestiques et charitables, lui fit enfin « des réprimandes dans le chapitre de l'ordre de la Compagnie dont il fut tenu registre ». Jollier s'en plaignit au Chapitre. Il exposa qu'au moment où il travaillait sérieusement à se corriger, il avait été découragé par l'humiliation d'une réprimande trop sèche de la part du président de la Compagnie et il donna sa démission. Le Chapitre s'empressa de l'accepter pour n'avoir pas à le congédier dans les formes accoutumées [1].

PRIVILÈGES. — 1. Les chantres et les musiciens avaient obtenu le privilège de régir le chœur, à l'exemple du préchantre et du chantre, aux fêtes de seconde classe. On les voyait aussi figurer dans le chœur en chape et portant à la main des bâtons d'argent dont l'extrémité était terminée par un marteau [2].

2. Outre ce privilège, les chantres et les musiciens avaient celui d'être inhumés dans la cathédrale. Il en était ainsi dès le XIIIe siècle.

Dans un acte de 1327, il est dit que les fosses pour « chanoines, chapelains et employés du « chœur se feront sans qu'il soit besoin de l'autori- « sation de l'Évêque ou de son official, tandis que « pour les laïques des deux sexes, il faudra le con-

1. ARCH. DE LA SOMME, G. 1051.
2. RIVOIRE, *Description de la cathédrale d'Amiens*, p. 218.

« sentement simultané de l'Évêque ou de son offi-
« cial et du Chapitre » [1].

Une transaction du 4 janvier 1538 reconnaît de
nouveau ce droit [2].

Enfin, un arrêt du Conseil privé du Roi, rendu
sur des différends survenus entre Monseigneur
François Lefebvre de Caumartin et le Chapitre,
reconnaît de nouveau ce droit, au XVIIe siècle. Il
permet en outre de mettre, sans recours à l'Évêque,
une épitaphe sur leur tombe [3].

A défaut d'être inhumés dans la cathédrale, les
chantres et les musiciens l'étaient dans le cloître.
et les galeries des Machabées qui servaient de
pourtour au chœur de ce monument [4].

EXEMPTIONS. — Les chantres et les musiciens
étaient exempts du ban et de l'arrière ban, en vertu
de lettres des maires et échevins de la ville
d'Amiens et par lettres patentes du roi. Ils avaient
seulement la charge du guet et de la garde de la
ville [5]. Mais, en 1591 et de nouveau en 1593, ils
furent exempts de monter la garde, à condition
d'aller chanter, tous les ans, dans la paroisse Saint-
Martin-au-Bourg, le *Veni Creator* et quelques autres motets en musique, pendant la messe du Saint-
Esprit qui était célébrée le jour de la fête de saint

1. ARCH. DE LA SOMME, G. 384.
2. *Ibid*, G. 390.
3. ARCH. DE LA SOMME, Chapel. arm. I, L. 2, n° 18.
4. G. DURAND, *Monog. de la cathédrale*, T. II, p. 611.
5. ARCH. DE LA SOMME, Chapel. arm. I, L. 9, n° 4.

Simon et de saint Jude, avant le renouvellement
des magistrats [1]. Ce privilège explique une requête
« des doyen, chanoines et chapitre de la cathédrale », du 13 mai 1715. A cette date, « ils se plai-
gnent à l'Intendant de Picardie », de ce que « Jean
« François Nicolas Vasseur, clerc tonsuré, Jean
« François Nève, Antoine Firmin Durand, tous
« trois vicaires, chantres et musiciens de leur église,
« attachés depuis un temps considérable à cette
« fonction, et n'exerçant aucune profession, sont
« compris dans le rôle de ceux qui doivent tirer
« pour former les régiments provinciaux ». Sur
« quoi, disent-ils, « Monseigneur, le chapitre prend
« la liberté de faire observer à Votre Grandeur que,
« dans tous les temps, même les plus malheureux
« pour l'État, tous les membres du bas chœur de
« l'Église d'Amiens ont été exempts du tirage de
« la milice ; que les trois susnommés, outre l'office,
« travaillent à un cours d'études et sont dans le
« cas d'être pourvus, dans peu, de chapelles ; que
« la difficulté pour le chapitre de trouver des voix
« propres pour chanter l'office divin avec dignité
« dans le vaisseau immense de la cathédrale, lui
« rend la conservation de ce privilège très intéres-
« sante et très chère » [2]. On ne dit pas la suite
donnée à cette réclamation, mais il est fort pro-
bable que le chapitre vit sa demande couronnée de
succès.

1. P. DAIRE, *Histoire de la ville d'Amiens*, T. II, p. 181.
2. ARCH. DE LA SOMME, G. 1055.

CONTESTATIONS. — Au XVIIe siècle surgit une difficulté entre les chantres et les chanoines de la cathédrale, au sujet de l'intonation de l'antienne de *Magnificat*, aux vêpres des sept jours précédant Noël. Ces antiennes qui commencent toutes par la voyelle *O* et qui ont pris le nom d'antiennes *O* pour cette raison, devaient être portées, par le vicaire remplissant les fonctions de chantre, aux seuls chanoines prêtres séculiers. Or, il arriva qu'en décembre 1668, maître Guillaume Pihan porta l'une des antiennes *O* à un religieux, le frère Pilon, commis au chœur par l'abbé de Saint-Martin. Le Chapitre s'en émut, et, pour s'opposer à toute innovation, le 15 janvier 1669, décida de faire comparaître le lendemain maître Guillaume Pihan en assemblée capitulaire pour être réprimandé comme de droit. Il s'y entendit même condamner à 20 sols de marance ou d'amende [1].

Difficultés analogues à cette dernière, en 1695.
Plusieurs chanoines prêtres prétendirent entonner, plutôt que d'autres chanoines, les antiennes

1. Il y avait au chœur, parmi les chanoines, deux religieux représentant chacun leur abbaye. L'un était nommé à sa prébende par l'abbé de Saint-Acheul, en vertu d'une donation à lui faite par l'Évêque Roricon, en 1085 ; ce que confirma Gervin, son successeur, en 1093. (*Cartul. de St-Acheul*, f°s 7 et 9, cart. 15 et 17). L'autre religieux était présenté par l'abbé de Saint-Martin-aux-Jumeaux, à une prébende sacerdotale, en conséquence de la donation faite à l'abbaye par l'évêque Thierry, en 1148. Le pape Eugène III confirma cette donation par bulle de 1148. Ces deux titulaires, qu'on désignait sous le nom de chanoines réguliers, n'étaient pas capitulants, c'est-à-dire n'avaient pas voix au chapitre (*Invent. de St-Martin aux jumeaux*; f° 7, r°).

O rex gentium et *O Emmanuel*, des 21 et 22 décembre. Voici ce qui fut, à ce sujet, arrêté, en assemblée capitulaire du 9 janvier 1696.

Les antiennes *O rex* et *O Emmanuel* seraient désormais portées aux chanoines prêtres par le chantre qui tiendrait le chœur indifféremment et comme il lui plairait. Il devrait en être désormais de même au sujet du second verset et du *Gloria Patri* du premier répons de matines, au premier dimanche d'Avent. Il fut décidé que, aux vêpres de première et à celles de seconde classe, les antiennes qui devaient être portées aux chanoines prêtres le seraient aux chanoines titulaires les premiers en dignité [1].

Il nous souvient d'un bon et saint chanoine de la fin du xixe siècle, disant, un jour, au vicaire qui lui présentait, dans le même office, une seconde antienne : « Décidément, on n'est pas de fer ».

Au xviiie siècle on ne voulut pas que se reproduisît pareil inconvénient, si toutefois c'en était un. Par délibération capitulaire du 4 août et par une autre délibération complémentaire de la précédente, du 16 janvier 1745, il fut interdit au vicaire ou chantre régissant le chœur d'annoncer plus d'une antienne au même chanoine de la cathédrale [2].

1. ARCH. DE LA SOMME, Notes du chanoine VILMAN.
2. ARCH. DE LA SOMME, G. 899.

Maitres de musique.

Mᵉ Auxcousteaux Arthur (1633) (¹).
Blanchard Anthoine (1734).
Bonnard Laurent (1547).

(1) Arthur Auxcousteaux († 1656) fut élève de Bournonville, puis chantre à la cathédrale de Noyon, ensuite maître de chapelle à la collégiale de Saint-Quentin et à la cathédrale d'Amiens, enfin maître de musique de la Sainte-Chapelle.

Auxcousteaux fut apprécié de son temps et tint le premier rang parmi les compositeurs de musique d'église ; il a laissé des cantiques, des psaumes à 4, 5 et 6 voix, des messes et une collection de faux-bourdons pour tous les tons du *Magnificat*. Il a mis aussi en musique les *Quatrains* de Mathieu à 3 voix, et les a dédiés au premier président Mathieu Molé, garde des sceaux de France, « la bonté duquel il éprouvait [disait-il dans sa préface] tous les jours, dans la conservation de sa petite fortune et de son honneur ».

Dans sa 27ᵉ lettre, Gantez parle ainsi de lui : « Celuy que j'ay trouvé en ce païs le plus agréable en la musique, c'est Veillot, maistre de Nostre-Dame, et celuy que j'ay rencontré le plus grave en la sienne, c'est Péchon, maistre de Saint-Germain ; mais Haut-Cousteau, maistre de la Saincte-Chapelle, fait parfaictement les deux ; car, encore qu'on die qu'il ne tient ceste maistrise qu'à la faveur du 1ᵉʳ Président, on doit pourtant dire qu'il n'a que ce qu'il mérite, et qu'on scait bien que nous sommes en un siècle, que bon droit a besoin d'ayde, joint que si celuy qui l'a protegé n'estoit pas grand homme de bien, ne favoriseroit pas un homme incapable... Mais de quelle façon que ce soit, je vous asseure qu'ils sont tous trois, je veux dire *tretous* de braves gens, puisqu'il y a plus (proche deux) de quoy apprendre que de quoy prendre, car sur ma foy ils ne donnent rien, et à ce que je voy, on n'attache pas dans Paris les chiens avec des saucisses comme l'on m'avait fait accroire... Mais pour ne me pas esloigner de mon subject je vous diray que les Picards en ce païs icy sont les plus estimés en la composition ». Auxcousteaux était et resta toujours *ung franc picard*, ainsi qu'en témoigne de Brossard : « J'ay ouï dire, au reste, par le feu Sᵣ Christophe Ballard, dont le Pere a imprimé beaucoup de la

Boitelle Jean (1563).

Bournonville (de) Valentin (1643) (¹).

Cathalas Jean (1658).

Couvrechef François (1577-1591).

Cozette François (1658-1666).

Ducrocq Jean (1668-1702).

Fauvette Jean (1565-1577).

Gaudefroy Jean-Baptiste (1739).

Glachant Michel (1677).

Grognart Nicolas (1710).

Jacquin.

Josselin Adrien (Sire) (avant 1547).

Jollier Eloi (1755).

Leuder Dominique (1789).

Mabille (1769).

Patte Jean (1649-1677).

Poix (de) Simon (1729).

Quignon Michel (1702).

Villers (de) François (1544).

musique de cet auteur, que c'estoit un pedant fieffé, qui ne vouloit suivre que sa teste », et plus loin : « au reste, pour avoir vielly de 8 ou 10 ans, il n'en estoit pas moins costique ny moins mordant. Il y a un avertissement au commencement de cet ouvrage où, après avoir parlé des *modes*, il ne peut s'empescher de critiquer les musiciens de son temps, et il pretend que leurs ouvrages doivent uniquement leur réputation aux belles voix qui les exécutent... » (*La Tribune de Saint-Gervais,* nº de janvier 1910).

(1) Né à Noyon, vers 1585, il fut appelé à la Cath. d'Amiens en 1620. Il passe pour l'un des meilleurs compositeurs français du temps de Louis XIII.

Chantres et musiciens

Andechy (d') Jean (1437).
Asselin Jean-Baptiste (1776).
Aubigny (d') Firmin (1577).
Aveneau Augustin (1643).
Barbier Jean (1685).
Barbault Adrien (1702).
Barbier (Le) Augustin (1690).
Beaudoin François (1545-1577).
Beaurepaire (1527).
Belleguise Jean (1623).
Belleer (1527).
Bellette Antoine (1702).
Bérenger Jean (1654).
Bernier Thomas (1694).
Berquer (Le) Paschase (1506).
Bizet (1619).
Blény (de) Guillaume (1619).
Blanchard Charles (1643).
Blois (de) Guillaume (1619).
Bocquet (1693).
Boitelle Jean (1577).
Boitelle Pierre (1681-1709).
Bondu (1789).
Boulet Nicolas (1630).
Bouton Chrysostome (1527).
Brion (1527).
Broyart Jean-Baptiste (1690-1709).

Caignart Laurent (1531).
Capellain Antoine (1652).
Capellier (Le) Jean (1466).
Carbonnier Chrysostome (1589).
Carbonnier Robert (1587).
Carpentier (Le) (1545).
Carouaille (1527).
Carré (1527).
Cauet Claude (1709).
Cayeu Jean (1368).
Choquet Nicolas (1634).
Chrechriou Louis (1694).
Cleuet Pierre (1619).
Collin, dit Coullon (1332).
Cordonnier François (1768).
Couvreur Pierre (1587).
Cuignet Jean (1643).
Decohem Pierre (1324).
Defesques (1510-1527).
Dargnies Pierre (1579-1616).
Degrain Pierre (1709).
Démanché (1789).
Derly Pierre (1619).
Dubas Mathias (1527).
Duel François (1619).
Fennert (1527).
Fenequer Jean (1545).
Guébin Charles (1679).
Gaude (de) Paul (1624).
Glachant Michel (1675).

Granthomme (1527).

Griselin Jean (1587).

Hauguier Gaudefroy (1619).

Hayette Jean (1702).

Hosten Mathieu (1625).

Huyer (1685).

Hodencq Charles (1676).

Hermy Firmin (1675).

Joly Pierre (1577).

Jourdain François (1709).

Lagache (1789).

Latreu (1527).

Lieuvin Robert (1630).

Leclercq Claude (1709).

Le Roy Louis (1653).

Lemaire Antoine (1549).

Lemaistre (1681).

Maillot (1527).

Maisnil (du) Hector (1527).

Masse Jean (1503).

Massance Romain (1536).

Morel (1527).

Nerlande François (1675).

Ottigier Jean (1466).

Pièce Jean (1590).

Robert Adrien (1643).

Roussel Nicolas (1631).

Vaquette Adrien (1616).

Videcocq Jean (1518).

CHAPITRE DEUXIÈME

Maîtrise et Enfants de Chœur du Chapitre d'Amiens

ARTICLE PREMIER

Maîtrise du Chapitre.

NOTION ET ORIGINE. — Les maîtrises, dont il est ici question, étaient autrefois des écoles de musique attachées aux cathédrales, aux collégiales, aux monastères et même à certaines églises rurales.

Elles étaient chargées de fournir à l'Église des prêtres ; de préparer aussi, pour le service religieux, des chanteurs et des instrumentistes.

Elles furent, avant la fondation des Conservatoires, les seules écoles de musique et l'on croit pouvoir faire remonter leur existence aux premiers âges du christianisme [1].

Dans son livre sur l'État des églises collégiales et cathédrales, Jean de Bordenave, chanoine béarnais du XVII⁰ siècle, assigne, en effet, l'institution des maîtrises à l'époque de saint Grégoire-le-Grand,

---

[1] Mgr FÈVRE. *Revue du Monde catholique*, septembre 1904, p. 741. — *Dict. de Mgr Paul Guérin*, voir au mot : maîtrise.

fin du vɪᵉ siècle. Il rapporte en outre que, dans la vieille Église de Carthage et dans l'Église de Paris, au temps de l'évêque saint Germain qui vivait en 555, des enfants chantaient avec les orgues, les basse-contre et plusieurs sortes d'instruments.

On peut donc inférer de ces données que Charlemagne, à qui l'on attribue parfois la création des maîtrises à cause des écoles qu'il faisait diriger à Aix comme à Reims par des clercs romains, n'en aurait été que le propagateur. Il les aurait multipliées pour l'introduction du chant grégorien dans les Églises de son vaste empire.

Dans le diocèse d'Amiens, l'institution des maîtrises remonte également à une haute antiquité.

La Chronique de Saint-Riquier fait mention des enfants qu'on recevait au monastère pour le service des autels et à qui l'on donnait les premières notions de grammaire.

A Corbie, l'on rencontre, dans la seconde moitié du xɪᵉ siècle, à côté de l'école monastique, l'école presbytérale. Ainsi, l'institution des *Caritables*, qui date de 1072, eut-elle comme origine une société de prêtres, bénéficiers et chapelains issus de la maîtrise de l'abbaye Saint-Pierre ([1]).

A la cathédrale d'Amiens, la création de la maîtrise, si nous la considérons, non pas comme réunion d'enfants vivant en communauté, mais comme simple société musicale formée de membres dissé-

(1) Abbé Dubourguier. *Grandes écoles et gens d'Église*, p. 214.

minés en ville, remonte aux origines mêmes de son Chapitre.

Nous l'avons déjà dit : de temps immémorial, les chanoines entretenaient à gages des enfants de chœur et un nombre suffisant de musiciens et de chantres, pour donner aux cérémonies du culte toute la splendeur possible [1].

Ce fut seulement, nous l'avons dit encore, sous Evrard de Fouilloy, en 1218, que le préchantre fut chargé de diriger, simultanément avec le chantre du Chapitre, les deux classes de la maîtrise. Ce dernier le faisait seul à cette date.

Quant à la réunion des enfants de chœur en communauté, elle date seulement de 1324.

INSTITUTION. — Après une expérience de plus d'un siècle, le Chapitre remarqua que la tentative de 1218 ne répondait pas aux espérances qu'il en attendait. Les enfants de la maîtrise étaient admis par le préchantre et par le chantre, sans discernement, sans un examen suffisant, sans enquête préalable sur leur vie, mœurs et fréquentations. Aussi trouvait-on, parmi eux, des sujets peu méritants, insoumis, mal édifiants au point de scandaliser les fidèles, incapables de remplir le rôle qui leur était dévolu, n'ayant aucun souci de se bien acquitter de leurs fonctions. Il en résulta que l'exercice du service divin fut par eux, plus d'une fois, gravement compromis.

1. ARCH. DE LA SOMME, G. 541.

Pour parer désormais à ces inconvénients, sur l'avis de l'évêque Simon de Gonçans, et en chapitre général du lendemain de la Saint-Firmin (26 septembre) 1324, fut réduit le pouvoir du préchantre et du chantre sur les enfants de chœur [1].

En la circonstance, — très probablement par mesure économique, comme à raison des charges d'une nouvelle organisation, — le nombre des enfants de chœur fut réduit de dix à huit.

Voici ce qui fut en outre décidé : Aucun enfant ne serait à l'avenir reçu sans passer l'examen devant le Doyen et le Chapitre réunis. Cet examen devait porter sur la vie, mœurs et fréquentations du candidat. Les huit enfants de chœur devraient désormais résider ensemble, dans la même maison, sous la direction d'un maître choisi par le Doyen et par le Chapitre de la cathédrale. Ce maître aurait pour mission « d'apprendre le chant à ses « élèves, de les former aux bonnes mœurs et à bien « s'acquitter de leurs fonctions à l'église ».

En dédommagement de ces services, le Doyen du Chapitre s'engageait « à fournir au chef de la « maîtrise, comme aux sujets la composant, le « nécessaire à une existence convenable ». Il se réservait de leur accorder plus ou moins, selon les exigences du moment. Il fut convenu qu'il fournirait également au maître et aux élèves une soutane de même couleur, chaque année ; une mozette noire

---

1. Arch. de la Somme, G. 899.

et un surplis en chaque fête de la Toussaint, et,
par l'intermédiaire du maître de la maison, des vêtements de lin, de même que des chaussures, en
tant que de besoin. Défense fut faite aux maîtres et
aux élèves d'accepter à dîner hors de la communauté. Il y avait exception à l'endroit du Doyen du
Chapitre et des chanoines de la cathédrale. Encore
fallait-il, si les enfants étaient invités chez eux,
qu'ils y fussent accompagnés de leur Directeur.[1]
On leur permettait aussi de répondre aux invitations
des prélats, des princes et des chanoines d'une des
cathédrales de la province de Reims, pourvu qu'ils
en aient obtenu l'autorisation du Doyen. En l'absence de ce dernier, le chanoine de semaine qui le
remplaçait pouvait accorder même autorisation.

Comme de temps immémorial les enfants de la
maîtrise remplaçaient au chœur, dans certaines
fonctions de leur office, les chanoines non promus
aux ordres sacrés, ceux-ci leur remettaient une
somme équivalente au prix de leur pension. Il fut
convenu que ce tribut accoutumé serait remis au
cellérier du Chapitre pour subvenir aux frais
occasionnés par l'entretien des enfants de la maîtrise.

Le statut capitulaire d'où sont extraits les renseignements qui précèdent fut approuvé par Simon

1. Aux quatre grandes fêtes de l'année, ainsi qu'à celles de
1re classe, l'Évêque ou à son défaut le Doyen du Chapitre qui
officiait, envoyait à dîner aux enfants de la Maîtrise (Abbé
Tiron. *Souvenirs d'un vieux picard*, p. 29).

de Gonçans, 53ᵉ évêque d'Amiens. Il y apposa son sceau sur double queue de parchemin [1].

Nous lisons, à propos de la création de la maîtrise, ce qui suit, dans les notes non inventoriées du chanoine Vilman : « En 1324, fut fait par le « chapitre un règlement concernant la charge et la « conduite des enfants de chœur. L'évêque d'alors « confirma ce statut ».

Nous n'avons pas à donner ici le nom des chefs de maîtrise, puisqu'ils sont les mêmes que ceux déjà cités des chefs de musique. Nous donnons cependant le nom des écolâtres et c'est de droit. Ils étaient, en effet, les premiers directeurs des établissements religieux établis près des cathédrales pour la formation des jeunes clercs. Ils marquaient les leçons qu'on devait lire à Matines et à la Messe et dressaient la liste des lecteurs.

ÉCOLATRES. — Caignet Pierre (1419).

Courcelle (de) Hugues (1253).

Desmarquais Jean (1546).

Dubois Robert (1560).

Fournier Antoine (1619).

Le Scellier Alexandre (1683).

Noelette (de) Guérard (xiiiᵉ siècle).

Picart Jean-Baptiste (1675).

Pingré Jean-Baptiste (1745).

Pingré Pierre-Joseph (1783).

Sainctz (de) Eustache (1518).

Sains (de) (1617).

1. ARCHIVES DE LA SOMME, *Texte latin*, G. 1052.

ARTICLE DEUXIÈME

Enfants de la Maîtrise.

DÉNOMINATION, NOMBRE, RECRUTEMENT, INSTRUCTION
DES ENFANTS DE LA MAITRISE; SUCCÈS DES ÉTUDES.

1. Les enfants de la maîtrise, bien que nommés
enfants de chœur ou petits clercs, ne doivent pas
être confondus avec ceux qui pouvaient être chargés
d'accompagner le prêtre dans l'exercice de certaines
fonctions du saint ministère. Ainsi étaient-ils
exempts du service des messes dites par les Chapelains ou par d'autres prêtres, dans la cathédrale.
On comprend qu'il leur était impossible de donner
satisfaction aux nombreuses demandes qui pouvaient leur être journellement adressées [1].

Leur service, comme nous l'avons dit, était autre.

En raison de ce service, ils étaient également
désignés sous le nom de *petits vicaires,* par analogie
à la dénomination de *hauts* et *de grands vicaires*
s'appliquant aux chantres et aux musiciens [2].

Un acte capitulaire du 27 décembre 1631 cons-
tate qu'ils sont réellement tenus pour vicaires [3].

Ils l'étaient à ce point, qu'avec l'agrément du
Chapitre, ils pouvaient obtenir des bénéfices en la
cathédrale.

1. ABBÉ TIRON, *Souvenirs d'un vieux picard*, p. 27.
2. ARCH. DE LA SOMME, G. 1051.
3. DARSY, *Bénéfices*, T. I, p. 16.

A Noyon, d'après une bulle de Clément VII, de 1393, douze chapelles étaient affectées au maître de musique et aux enfants de chœur.

Il y eut, à ce sujet, un arrêt du Parlement, en date du 2 décembre 1664, donnant tort au Chapitre qui se refusait à donner à un enfant de la maîtrise la chapelle de Saint-Nicaise [1].

Il en était de même à Amiens. La preuve en est dans un semblable arrêt du Parlement, du 31 décembre 1686.

Cet arrêt maintient Louis Soyez, ci-devant enfant de chœur, dans la possession d'une des chapelles du Pilier rouge [2].

Même non pourvus de chapelle pendant leur séjour à la maîtrise, les enfants de chœur étaient aptes à obtenir l'un de ces bénéfices fondés, en la cathédrale, en faveur des vicaires, quand ils l'avaient quittée.

Il leur suffisait, en ce cas, de l'assentiment du Chapitre [3].

2. Les enfants de la maîtrise furent au nombre de dix, ni plus, ni moins, à l'origine.

Ils furent réduits à huit, par mesure d'ordre économique, avons-nous dit, en 1324.

Il en fut ainsi jusqu'au xve siècle, apprenons-nous dans la supplique adressée au pape Martin V,

1. ARCH. DE LA SOMME, G. 1049.
2. *Ibid*, G. 1045.
3. *Recueil de décisions capitul.*, Ms., p. 110. — DARSY, *Bénéfices.* Introduction, p. XXVII.

pour rendre amovibles douze chapellenies de la cathédrale [1]. Mais au siècle suivant, Pierre Wallet, distributeur des Chapelains, curé de Bouillancourt-en-Séry, demeurant à Amiens, fonda, le 13 mai 1541, le neuvième et le dixième enfant de chœur. Pour leur entretien, nous le verrons, il laissa des revenus considérables [2].

Le nombre de dix enfants de chœur de la maîtrise de la cathédrale, contrairement à ce qu'on pourrait croire, ne fut jamais dépassé jusqu'à la Révolution française [3]. Nous en aurons la preuve dans l'inventaire du mobilier de la maîtrise [4]. D'ailleurs, dans la « Description de la cathédrale » qui date de 1806, Rivoire, bien informé, nous dit qu'il y avait seulement dix enfants de chœur, en 1789 [5].

3. On a toujours pensé, dans l'Église, que le plus sûr moyen pour recruter ceux qui veulent s'attacher à son service, est de les enrôler dès l'âge le plus tendre.

« Pour cultiver et même faire naître des voix « d'hommes, disait Portalis, il faut les prendre dès « l'enfance ».

On peut en dire autant quand il s'agit, avec l'aide

1. *Invent. du chap.* I, pp. 264-268. — DARSY, *Bénéfices*, T. I, p. 62. — Chapel. d'Amiens, arm. I, L. 3, n° 2.
2. ARCH. DE LA SOMME, G. 1046.
3. *Ibid*, G. 1053.
4. DARSY, *Bénéfices*, T. I, p. 33.
5. Pp. 202 et 218.

de Dieu, de susciter des vocations, pour le service des autels.

C'est ce qu'a toujours compris le Chapitre de Notre-Dame d'Amiens.

Comme il n'ignorait pas la difficulté de trouver des sujets choisis, il mettait, à l'occasion, les places vacantes au concours.

Des affiches étaient, à cet effet, apposées en différents endroits. On y lisait : « Un concours fixé au... « prochain, aura lieu à neuf heures du matin, dans « la salle capitulaire, pour la réception de... en- « fants de chœur de la Maîtrise du Chapitre.

« Les enfants qui se présenteront seront munis « de leur Extrait de Baptême.

« Ils auront sept ans et pas plus de huit.

« Ils produiront un Certificat de M. leur Curé, « qui constatera que l'Enfant est pieux et qu'il « appartient à des parents religieux. Les autres « conditions leur seront expliquées lors de « l'Examen ».

L'une de ces conditions consistait en un engagement pris pour dix années.

Ainsi en avait-il été décidé par acte capitulaire du 15 octobre 1612.

Ce statut était encore en vigueur au xviiie siècle. Nous en trouvons la preuve dans le fait suivant :

Lambert Harlé, « serger à Croixrault », avait placé son jeune enfant, du même nom que lui, à la maîtrise du Chapitre d'Amiens. Il l'en retira, on ne sait pas pour quel motif. Toujours est-il qu'une

sentence du bailliage de Beauvais, du 13 septembre 1710, le condamna « à faire rentrer et ramener inces-
« samment, en la maison de la maîtrise de mu-
« sique de l'Église d'Amiens, Lambert Harlé son
« fils, enfant de chœur de la dite Église ». On lui
« fit une obligation de « rapporter en même temps
« les robes rouges et autres habillements qu'il avait
« emportés » [1].

4. La maîtrise du Chapitre n'était pas seulement une école de chant. On y donnait évidemment les leçons en usage, aux siècles passés, dans les institutions primaires [2].

Y donnait-on en même temps les premiers éléments de l'enseignement secondaire ?

Nous ne pensons pas qu'il y ait lieu d'en douter, et voici nos raisons :

a. Les jeunes clercs, à leur entrée dans la maîtrise, s'engageaient à y demeurer jusqu'à 17 et 18 ans. S'ils se destinaient à la prêtrise — et c'était souvent le cas — il était nécessaire de leur faire commencer, au moins, leurs études latines. Passé l'âge de 18 ans, ils allaient, on le sait, les compléter dans les grandes écoles où les suivait la bienveillance des chanoines qui s'étaient chargés de leur première éducation.

1. ARCH. DE LA SOMME, G. 1054.
2. L'ancienne maîtrise de la cathédrale, vieille maison qui disparut au xixᵉ siècle, était située derrière le chœur du monument et faisait suite au cloître des Machabées. Vers 1842, elle fut transférée, rue du Cloître-Saint-Nicolas, aujourd'hui rue Robert de Luzarches, nº 7, dans une demeure achetée par le Chapitre à M. Caumartin, magistrat.

b. Il était impossible de faire suivre aux jeunes clercs les cours du Collège ou de l'école des Capettes où se donnait l'instruction secondaire. Cette mesure eût entravé la marche régulière du service religieux à la cathédrale, où les enfants de chœur devaient journellement se trouver. Elle eût de plus rendu illusoire le rôle des deux professeurs attachés à leur personne.

c. La présence simultanée de deux professeurs à la maîtrise est attestée par la tradition orale recueillie, à Mailly même, par le curé-doyen, M. l'abbé Bréart. Elle veut que Jacques Leriche, natif de Mailly, ait été professeur des enfants de chœur, vers 1770 [1]. Elle l'est en même temps par les données historiques.

En effet, dans son testament du 18 juillet 1527, Adrien de Hénencourt, doyen du Chapitre, laisse à Jean Courtois, maître d'école du chapitre, la somme de 100 sols [2]. Puis, dans « l'état et compte de l'exécution » des legs particuliers du testateur, figurent quatre sols remis à chacun des deux maîtres de l'école du Chapitre [3].

Ainsi s'explique-t-on comment la déclaration des biens du Chapitre de 1730 reconnaît que quatorze personnes résident à la maîtrise [4].

---

1. Article du « Dimanche », n° 1668, par M. l'abbé Odon, curé de Tilloloy.
2. ARCH. DE LA SOMME, G. 1072.
3. ARCH. DE LA SOMME, G. 1073, f° 16.
4. DARSY, *Bénéfices*, T. I, p. 33.

Ces quatorze personnes sont : 10 enfants de chœur, 1 domestique, 1 chambrière et 2 professeurs [1].

5° Depuis saint Athanase jusqu'aux évêques de Nîmes (Mgr Béguinot) et d'Alger (Mgr Oury), écrivait Mgr Fèvre, en 1904, les maîtrises ont donné à l'Église un nombre incalculable de sujets illustres [2].

Nous nous sentons honorés de l'affirmer : celle du Chapitre de la cathédrale d'Amiens ne fut, à ce sujet, inférieure à aucune autre.

De son sein sont sortis, au dire de Monsieur Soyez, des artistes de mérite, des prêtres remarquables, d'éminents prélats. Qu'il nous suffise de citer ici :

Jean Patte, ancien enfant de chœur en 1617, clerc et fils du Chroniqueur. Il devint maître de musique et fut maître du Puy, en 1649.

Le Sueur, né au hameau du Plessiel, en 1763. C'est à la maîtrise d'Amiens qu'il apprit les principes de l'art à l'aide duquel il rendit, comme musicien, son nom illustre. On voyait, à la cathédrale, son nom gravé au couteau sur la banquette occupée par lui.

L'Abbé Tiron, maître de musique à la cathédrale de Saint-Omer. Il écrivît « Les Souvenirs d'un Vieux picard », ouvrage plein d'intérêt pour les personnes ayant à traiter les questions relatives à

---

1. ARCH. DE LA SOMME, G. 1053.
2. *Revue du Monde catholique*, sept. 1904, p. 741.

l'exercice du culte, dans la cathédrale d'Amiens.

L'Abbé de la Cour, l'ami de ce dernier. Il fut homme distingué comme littérateur. Il remporta le premier prix de rhétorique à l'Université de Paris et fut professeur au Collège du Cardinal Lemoine, avant la Révolution.

Louis Soyez, maintenu par le Parlement en possession d'une chapelle du Pilier rouge, en 1686.

Michel Quignon, natif d'Amiens, ancien maître de musique de la cathédrale de Chartres, très habile en son art. Il succéda, en 1702, comme maître de musique à son maître M. Ducrocq qui démissionna, après trente-huit ans d'exercice [1].

Au xixe siècle, l'ancienne maîtrise, rappelée à l'existence par le Chapitre, eut comme professeurs les abbés Couture, qui en devint le supérieur ; Pillon, ancien curé de Toutencourt ; Delury, natif de Miraumont, Létocart, etc.

Elle produisit, comme élèves ecclésiastiques : MM. Lassiette, curé-doyen d'Ault ; les abbés Ducastel qui devinrent, l'un curé-doyen d'Ailly-le-Haut-Clocher, l'autre, curé de Saint-Sépulcre à Montdidier ; Dive, curé de Gorenflos ; Deschamps, dernier élève de la maîtrise, devenu secrétaire général de l'Évêché d'Amiens et chanoine de la cathédrale. Monsieur Mommert, devenu plus tard organiste de Saint-Jacques d'Amiens, avait également été élève de la maîtrise du Chapitre.

1. *Man. Pagès. Edit. Douchet*, T. V, p. 15. — *Ibid.* p. 51. — Abbé Le Sueur. *Le Clergé Picard et la Révol.*, T. I, p. 25.

ARTICLE TROISIÈME

Enfants de la Maîtrise.

LEUR COSTUME.

Nous ne connaissons pas de règle liturgique qui ait imposé aux enfants des maîtrises un vêtement spécial. De là, sans doute, la diversité de formes et de couleurs dans le costume qu'ils portaient au chœur.

Ainsi voit-on les jeunes clercs de la maîtrise d'Orléans et de celle du Puy vêtus d'habits bleus, aux siècles derniers. Ceux d'Annecy ont la couleur violette. Ceux de Lyon et de Bourges paraissent à l'église la tête entièrement rasée.

Un acte de 1444 et un autre de 1502 nous apprennent que les enfants d'Amiens étaient, à cette époque, vêtus d'étoffe de couleur verte unie [1].

Le P. Daire, en son « Histoire de la ville d'Amiens », confirme ce détail et nous apprend que l'usage prévalut ensuite de les habiller en rouge [2].

Y a-t-il lieu de s'en étonner? Non si l'on songe qu'au xv⁰ siècle, les chanoines d'Amiens, en souvenir du martyre de saint Firmin, patron du diocèse, adoptèrent eux-mêmes cette couleur pour leurs habits de chœur.

Ainsi Robert de Fontaine, chanoine et doyen

1. *Man. de Pagès. Edit. Douchet*, T. V, p. 215.
2. T. II, p. 189.

d'Amiens, mort en 1467, fut représenté avec une soutane rouge dans le cloître des Machabées, lieu de sa sépulture.

De même, au pilier du dehors de la chapelle de l'Aurore, Robert d'Ailly, mort en 1413, parut à genoux, vêtu d'une soutane rouge.

Il n'y a pas jusqu'à Maître Adrien de Hénencourt, chanoine et doyen, en 1472, qui ne figurât, dans le pourtour du chœur et jusque dans le missel manuscrit dont il se servait, vêtu d'habits de cette couleur.

Ceci n'était point particulier aux chanoines d'Amiens.

Le chanoine Vilman, qui s'occupa spécialement de ces détails, nous dit que les chanoines réguliers de Saint-Maurice d'Augaune, en Suisse, portaient encore la soutane rouge de son temps. Dès l'an 1210, le comte Guillaume de Ponthieu leur avait assigné « une rente annuelle de treize livres, sur la Halle « d'Abbeville, pour l'achat des vingts aunes d'écar- « late nécessaires à la confection de leurs capuces ».

Sans aller si loin, nous voyons qu'il en est de même en l'abbaye de Saint-Vincent de Senlis, fondée en 1061 ou en 1067. Les chanoines réguliers, en mémoire de saint Vincent, martyr, y portèrent, d'après le vœu de la fondatrice, la reine Anne, deuxième femme de Henri 1er, des robes et des capuces rouges.

A la cathédrale d'Amiens, les chanoines abandonnèrent le rouge, à la fin du xviie siècle, et prirent la couleur noire. Quant aux enfants de chœur, ils gardèrent l'usage de la soutane rouge. Nous en trouvons la preuve dans le fait de Lambert Harlé qui, après avoir quitté la maîtrise, fut contraint d'y rentrer et d'y rapporter « les robes rouges » par lui indûment enlevées. Ceci se passait en septembre de l'année 1710 [1].

Puisqu'il est ici question, à propos d'enfants de chœur, de *goûts et de couleurs*, nous n'hésitons pas à donner pour ce qu'ils valent les renseignements suivants :

Dans un inventaire du mobilier de la cathédrale fait, le 1er octobre 1692, par Me Philippe Joly, chanoine marancier, Louis Debonnaire, commis à la garde de la Trésorerie, Charles Quignon et Louis Marsille, chanoines, nous trouvons, parmi les objets utilisés par les enfants de chœur :

Une tunique brodée avec ceinture tissue de soie à l'usage du servant de M. l'archidiacre.

Quatre tuniques de damas rouge garnies de passements d'or, données par M. Legrand, chanoine, et portant ses armes.

Quatre tuniques blanches garnies de satin rouge.

Quatre tuniques de damas vert garnies d'étoffe à ramage.

Quatre tuniques de damas blanc à orfrois blancs et violets.

Quatre tuniques rouges garnies de satin blanc.

---

1. ARCH. DE LA SOMME, G. 1054.

Quatre tuniques noires communes servant aux grands obits [1].

S'agit-il ici de dalmatiques semblables à celles utilisées, au XIX° siècle, par les enfants de chœur, en certains pays ? Nous ne saurions le dire.

S'il y est seulement question de ce qu'on nomme, dans la liturgie, la *vestis talaris*, la simple soutane, on peut dire alors qu'au XVIII° siècle, les enfants de la maîtrise réunissaient dans leur costume, non seulement le vert et le rouge, mais presque autant de couleurs que les couleurs de l'arc-en-ciel.

ARTICLE QUATRIÈME

Règlement des Enfants de la Maîtrise.

§ I

DISCIPLINE DU CHŒUR.

Divers règlements furent faits, à différentes époques, concernant le service et l'attitude des enfants de chœur dans la cathédrale.

Sous ce titre : *Discipline du chœur de l'Eglise d'Amiens*, sont faites les observations suivantes.

1. — L'Evêque d'Amiens, les dignitaires du Chapitre, les chanoines le constituant ont droit de pénétrer au chœur par les trois portes qui y donnent

---

1. Notes non inventoriées du chanoine VILMAN.

accès. Les chapelains et les vicaires peuvent y pénétrer seulement par les portes collatérales. Quant aux enfants de chœur, ils peuvent, en vertu d'une permission qui leur est particulière, y suivre le maître de musique et s'y rendre par la grande porte du milieu, mais seulement quand il s'agit d'assister aux matines [1].

2. — Les chanoines et les chapelains promus seulement aux ordres mineurs, de même les enfants de la maîtrise, doivent toujours prendre place au bas du dernier degré des stalles. Ils doivent aussi avoir le visage tourné vers le milieu du chœur, à moins cependant qu'il ne leur soit nécessaire de regarder l'autel pour faire une génuflexion ou pour se conformer à l'attitude des chanoines [2].

3. — Quant ceux qui sont au chœur sont assis dans leurs stalles, les clercs des degrés inférieurs doivent demeurer assis sur de petits bancs. Si ces derniers venaient à leur faire défaut, ils s'asseyeraient, sans plus de façon, sur le marchepied des stalles inférieures [3].

1. *Disciplina chori Ambianensis ecclesiæ*. Caput I^um. § I. — Do·minus episcopus, dignitates et canonici ingrediuntur chorum per omnes aditus ; capellani autem et vicarii per solos aditus collaterales possunt ingredi, et per licentiam, pueri chori sequuntur eorum magistro solum ad matutinum per portam inferiorem ingrediuntur. (Notes du chan. VILMAN).

2. § IV. — Canonici et capellani in minoribus ordinibus constituti, similiter et pueri chori debent semper stare in plano, versa facie ad medium chori, nisi cum choro vertere se versus altare et genua flectere contingat.

3. C. III. § V. — Dum chorus sedet in stallis demissis, qui sunt in minoribus ordinibus constituti, sedent suprà parva sedilia ; quod si non habent, suprà suppedanea inferiorum stallorum.

Pour parer à cet inconvénient, de petites sellettes, pour les enfants de chœur, furent fixées le long des planches en avant des stalles basses. Elles disparurent seulement vers la moitié du xixe siècle [1].

Jusqu'en 1765, les enfants de la maîtrise eurent, comme les chapelains, le privilège de se placer dans un banc, du côté droit de la chaire, pour entendre le sermon. A cette époque les bancs disparurent [2].

4. — Les enfants de chœur devaient s'incliner profondément au chant du *Gloria Patri* [3].

5. — Le règlement qui les concernait les obligeait en outre, quand ils pénétraient dans le chœur par la porte collatérale du midi, à faire la révérence, en se plaçant au milieu du dit chœur. Ils devaient faire cette révérence la face tournée vers l'aigle du lutrin afin d'y saluer la parole de Dieu dans l'exemplaire de la Bible qui y était conservé. L'aigle était au milieu du chœur, vis-à-vis des stalles des deux archidiacres. C'était là qu'on lisait les leçons [4].

6. — Le 26 février 1625, acte capitulaire en vertu duquel il est ordonné que, à l'avenir, les trois

1. G. Durand. *Monog. de N.-D. d'Amiens*, T. II, p. 167.
2. Arch. de la Somme. Notes du chan. Vilman.
3. Pueri chori semper profunde se inclinant dum dicitur Gloria Patri. (Réglem. d'assistance au chœur. Notes non inventoriées du chan. Vilman).
4. Arch. de la Somme. Notes du chan. Vilman.

premières leçons des Ténèbres seront chantées par les enfants de chœur.

7. — Au chapitre du 18 juin 1726, il fut ordonné que quelques enfants de chœur, ayant un flambeau entre les mains, accompagneraient le Saint-Sacrement lorsqu'on le reporterait à la sacristie, après la messe, les jours de la Fête-Dieu.

8. — Il fut également décidé que, le samedi avant la Septuagésime, un enfant de chœur annoncerait, à Prime, au martyrologe, immédiatement après le jour de la lune, le dimanche de la Septuagésime. Il devait le faire par ces paroles : *Dominica Septuagesima, in quâ deponitur canticum Domini, alleluia. Dimanche est la Septuagésime, jour où cesse le chant de l'alleluia.*

Enfin, le mardi de la Septuagésime, l'enfant devait annoncer, au martyrologe, le jour des Cendres, après celui de la lune. Il s'exprimait ainsi : *Dies cinerum et initium jejunii sanctissimæ quadragesimæ. Demain est le jour des cendres et le commencement du jeûne de la Sainte quarantaine* [1].

§ II

DISCIPLINE DE LA MAISON.

La maison de la Maîtrise fut fermée, avons-nous dit, en 1790. Plus favorisée que tant d'autres

1. *Souvenirs d'un vieux picard.* Abbé TIRON, p. 29. — P. DAIRE. *Hist. de la ville d'Amiens*, T. II, p. 181. — ARCH. DE LA SOMME. Notes non invent. du chan. VILMAN.

établissements religieux qui disparurent sans es-
poir d'un lendemain, elle devait renaître dès 1806.

Ce fut Monseigneur de Mandolx qui prit l'initia-
tive de cette restauration.

La première inspiration toutefois en revient à
M. l'abbé Liautard, qui avait fondé le collège de
Notre-Dame des Champs à Paris. A cette époque,
il s'entendait avec plusieurs évêques de France
pour les déterminer à la création de collèges ecclésiastiques [1].

Monsieur de Sambucy, qui avait dirigé avec éclat
les catéchismes de Saint-Sulpice, à Paris, prit la
direction de la nouvelle maîtrise, ayant comme
professeurs MM. les abbés Giraud, qui devint car-

1. L'ancien Collège d'Amiens, maison des Grandes Écoles,
qui avait compté jusqu'à 600 élèves, aux temps de sa splendeur,
avait été supprimé par la Révolution. Il était de la juridiction
du Chapitre qui l'avait fondé et il existait dès le XIᵉ siècle. Il
fut, à l'origine, un hôpital où les pauvres clercs vivaient uniquement d'aumônes, sous l'inspection de l'écolâtre.

Le titre de ce dernier l'obligeait à les instruire ou à les faire
instruire gratuitement. De là le nom de Saint-Nicolas-aux-
pauvres-clercs donné à la maison dont les élèves furent plus
tard appelés Capettes. Cette maison des pauvres clercs, trop
petite, fut agrandie par l'écolâtre Hugues de Courcelles, chanoine d'Amiens, qui acheta, en août 1253, pour la somme de
26 livres, une maison bâtie en pierres sise auprès et vis-à-vis
du prieuré de Saint-Denis, en face de la rue des Jacobins. Les
deux maisons dépendirent l'une de l'autre. Elles furent incen-
diées, en 1358, par les Navarrais et rétablies en 1361. Les Jé-
suites y furent appelés comme professeurs, en 1607. Supprimés
en 1762, ils furent remplacés par des professeurs pris dans les
rangs du clergé d'Amiens. (ARCH. DE LA SOMME, G. 1108-1109. —
Abbé LEROY. *Hist. des Chapel.*, p. 316. — Abbé DUBOURGUIER.
Grandes écoles et gens d'Église, p. 227).

dinal, Carrière et Léraillé. Ces Messieurs adoptèrent, comme cachet de la maison, probablement
l'ancien cachet de l'ancienne maîtrise, aux armes
du Chapitre. Il portait en exergue ce texte : *Maîtrise
du Chapitre d'Amiens* [1].

Nous possédons dans nos archives particulières
le réglement des écoliers.

Comme il est le même que celui de l'ancienne
maîtrise, sauf les modifications survenues à cause
du nouveau service religieux de la cathédrale, nous
allons le résumer. On verra que tout y est subor-
donné, comme autrefois, aux offices du Chapitre
d'Amiens.

Le règlement se divise en deux parties. La première traite de l'ordre des exercices, la seconde des
règles particulières aux exercices.

---

1. Ce texte s'explique. Il y eut simultanément deux maîtrises :
celle du Chapitre et celle créée spécialement pour le service
paroissial par les soins de M. Duminy, curé de la cathédrale.
Cette dernière, comme la précédente, donna plusieurs prêtres à
l'Église d'Amiens, dont M. l'abbé Leroux, chanoine de la cathédrale et M. l'abbé Vasseur, ancien supérieur de Saint-Stanislas,
à Abbeville. Tous deux commencèrent leurs études dans la
maîtrise paroissiale, sous la direction de M. l'abbé Vinque, qui
devint curé de Renancourt. La maîtrise, qui servit d'abord de
petit Séminaire, fut fermée en 1811. Le supérieur fut arrêté par
ordre du Gouvernement impérial. La raison s'en trouvait dans
l'application d'un règlement organique du 17 mars 1808 statuant
que l'enseignement serait public et exclusivement confié à
l'Université. Il n'y avait exception que pour les Grands-Sémi-
naires. En 1813, Monseigneur de Mandolx réorganisa de nouveau
sa maîtrise avec le concours de MM. les abbés Guidée et de
Bussy, qui réalisèrent en peu de temps les espérances de leurs
Evêques. (Abbé DUBOURGUIER. *Vie de M. Padé*, pp. 24 et 25).

PREMIÈRE PARTIE

ORDRE DES EXERCICES.

1. — Ordre des exercices de chaque jour.

MATIN :

A 5 h., lever, méditation ou lecture, prière, étude.

7 h., dispositions de propreté, déjeûner, récréation.

7 h. 3/4, départ pour la Messe du Chapitre.

9 h., leçon de musique.

10 h. 1/2, étude. 11 h. classe.

12 h. 1/4, dîner, récréation.

SOIR :

1 h. 1/4, classe.

2 h. 3/4, départ pour les Vêpres du Chapitre.

4 h., étude précédée du chapelet.

5 h., goûter et récréation.

5 h. 1/2, étude.

6 h. classe.

7 h. 1/4, catéchisme.

7 h. 1/2, souper et récréation.

Pendant l'hiver, les exercices de la matinée sont retardés d'une demi-heure, comme, du reste, la Messe du Chapitre et l'étude de 10 h. 1/2 à 11 h. est supprimée.

Pendant les études et pendant les classes, on s'occupe de grammaire, d'arithmétique, de géographie, d'écriture à main posée, d'étude de latin qui appelle des compositions en thèmes et versions, comme en nos maisons d'enseignement secondaire.

2. — Ordre des exercices
des dimanches et fêtes ordinaires.

En été messe basse à 7 h. ; à 7 h. 1/2 en hiver. En été à 8 h. 1/2, en hiver à 9 h., étude. Pendant cette étude, récitation et explication de l'évangile et du catéchisme appris dans la semaine.

A 10 h. 1/4, départ pour la grand'messe.

A 12 h. dîner. Entrevue avec les parents, s'il y a lieu, dans le salon de la communauté.

A 2 h. 1/2, départ pour les Vêpres.

A 4 h. 1/2, récréation ou promenade, si elle est méritée.

A 5 h. 1/2, étude.

A 7 h., chapelet et catéchisme.

3. — Ordre des exercices pour les jours de congé.

CONGÉS ORDINAIRES.

Le congé ordinaire a lieu le mercredi, s'il n'y a pas de congé extraordinaire dans la semaine.

La promenade commence à 4 h. pour finir à 7. En hiver, le congé se prend depuis l'heure de la musique jusqu'aux Vêpres, et depuis les Vêpres jusqu'à 6 h. — A 6 h., chapelet et étude. A 6 h. 1/2, classe.

En été, si on le mérite, le temps de la promenade peut être prolongé. Alors, chapelet et catéchisme de 2 h. à 2 h. 1/2.

CONGÉS EXTRAORDINAIRES.

Ils ont lieu les jours de fêtes solennelles et de
première classe, propres à la Cathédrale ; puis aux
fêtes de la Circoncision, de la Purification, de l'Im-
maculée Conception, de la Nativité et de la Décollation de saint Jean-Baptiste, de saint Louis de
Gonzague, de sainte Cécile, des Saints Innocents
et de la fête des maîtres, s'il leur plaît de le donner.

Les vacances consistent en 15 jours de congés
extraordinaires, en septembre. Deux ou trois fois
pendant les vacances, ainsi que le mardi qui suit
la nouvelle année, les élèves, sur la demande de
leurs parents, peuvent obtenir l'autorisation d'aller
chez eux entre la Messe et les Vêpres, pourvu qu'ils
soient accompagnés.

SECONDE PARTIE

RÈGLES PARTICULIÈRES AUX EXERCICES.

1. — *Exercices religieux de chaque jour.*

Au premier coup du réveil, l'enfant doit faire le
signe de la croix et donner son cœur à Dieu.

Le maître dit à haute voix : *Benedicamus Domino*
ou *Præbe, fili mi, cor tuum mihi.* Les enfants répon-
dent : *Deo gratias* ou *Ecce ego, quia vocasti me.*

Les prières du matin et du soir sont faites à haute
voix par les élèves, à tour de rôle, pour toute une
semaine. Elles sont faites dans la salle d'étude.

2. — *Exercices religieux de chaque semaine et de chaque mois.*

Confession mensuelle avant la Première Communion ; plus fréquente ensuite.

La confession doit être faite au confesseur de la maîtrise, à moins d'une demande spéciale des intéressés.

Le jour de la confession et la veille de la communion, instruction faite par l'un des maîtres.

Les jours de communion générale au chœur sont les suivants : Noël, Pâques, la Pentecôte, l'Assomption, la Toussaint, la Saint-Jean, Saint-Firmin et une communion générale par mois.

3. — *Exercices religieux avant et après les études.*

La première étude commence par la prière du matin. Les autres, ainsi que la classe, par le *Veni Sancte* suivi de l'*Ave Maria*. A la fin des études et des classes, on dit le *Sub tuum*.

Nota. — Les visites faites à MM. les chanoines, soit pour la bonne année, soit à l'occasion de leur fête, se font d'ordinaire au retour des Vêpres.

Nous laissons de côté mille détails concernant la maîtrise de 1806 et de 1813. Les règlements de la maîtrise, à cette époque, ne différaient guère de ceux du Petit-Séminaire de Saint-Riquier, qui sont bien connus.

ARTICLE CINQUIÈME

Coutumes particulières aux Enfants de la Maîtrise.

§ I

LES ENFANTS DE LA MAÎTRISE ET LA CÉRÉMONIE DU SAINT-SÉPULCRE.

Cette cérémonie se pratiquait le jour de Pâques, immédiatement après le *Te Deum* qui terminait l'office des Matines.

On l'avait établie pour peindre la surprise des saintes femmes et simuler leur entretien avec les anges quand, arrivant au sépulcre, le matin du jour de la Résurrection, elles trouvèrent vide le tombeau de Notre Seigneur Jésus-Christ.

En la circonstance, deux chapelains prêtres, en chapes blanches, la tête enveloppée d'un amict bridé sous le menton, pour mieux représenter des têtes de femmes, entraient, chacun avec un encensoir fumant, par la grande porte du chœur.

Ils marchaient droit à l'autel, en chantant le répons : *Quis revolvet lapidem ; Qui nous ôtera la pierre du monument ?*

Alors deux enfants de chœur vêtus en aubes, figurant les anges et placés aux deux côtés de l'autel sur lequel on avait mis un coffre en forme de sépulcre, recouvert d'un voile, demandaient aux femmes : *Quem queritis ? Qui cherchez-vous ?*

Les Maries répondaient : *Jesum Nazarenum,
Jésus de Nazareth.*

Les anges, en ce moment, découvraient le sépulcre et disaient : *non est hic, il n'est plus ici* etc.

Les Maries montaient à l'autel, faisaient des
recherches, regardaient dans le sépulcre avec une
sorte de surprise.

Alors les anges leur disaient : *Ite, nuntiate dis-
cipulis ejus quia surrexit, Allez, annoncez à ses
disciples qu'il est ressuscité.*

Les Maries s'en retournaient au chœur en chantant : *Christus resurgens non moritur* etc... Après
quoi, l'Évêque entonnait le *Te Deum*, baisait le
sépulcre, donnait le baiser de paix au préchantre
et au chantre. Ceux-ci le transmettaient au chœur,
en disant au premier occupant de chaque côté des
stalles : *Surrexit Dominus, le Christ est ressuscité.*
A quoi il répondait : *Gaudeamus, réjouissons-nous.*

Celui-ci passait le baiser de paix à son voisin et
ainsi de suite.

Il en était de même à Beauvais et à Laon. A
Noyon, cette cérémonie fut supprimée en 1628. A
Saint-Fursy, de Péronne, elle existait encore dans
la seconde moitié du xviii° siècle, quelques années
seulement avant la Révolution [1].

---

1. Dom Grenier, *Introduction à l'hist. de la Picardie*, éditée
par la Soc. des antiquaires, p. 382.

§ II

LES ENFANTS DÈ LA MAÎTRISE ET LA CÉRÉMONIE DU SAINT-SUAIRE.

Le jour de Pâques, après les vêpres, on faisait l'office du Saint-Suaire. La procession, en revenant des fonts baptismaux, s'arrêtait dans la nef de la cathédrale, devant le crucifix. On y chantait la prose *Victimæ paschali laudes.* Pendant ce chant, un chapelain montait au jubé, revêtu d'une chape blanche, la tête coiffée en Marie qu'il représentait. Il avait à ses côtés deux enfants de chœur en aubes qui faisaient le personnage des anges. Le préchantre, du milieu de la nef, interrogeait, en chantant, la Marie : *Dic nobis, Maria, quid vidisti in viâ ? Dis-moi donc, Marie, ce que tu as vu dans ton chemin ?*

Elle répondait : *Sepulcrum Christi viventis et gloriam vidi resurgentis. J'ai vu le sépulcre du Christ vivant et sa gloire après sa résurrection,* et, montrant les anges figurés par les enfants de chœur, elle ajoutait: *Angelicos testes. Les anges en sont témoins.* Enfin, dépliant le linceul, elle disait encore : *Sudarium et vestes. J'ai vu son suaire et aussi ses vêtements.*

Aussitôt le préchantre entonnait : *Credendum est magis soli Mariæ veraci quam Judæorum turbæ fallaci. Mieux vaut croire au témoignage de la seule Marie qu'à celui de la foule menteuse des juifs* [1].

§ III

LES ENFANTS DE LA MAÎTRISE ET LA CÉRÉMONIE DE LA CRÈCHE.

L' « Ordinaire » de la ville d'Amiens marquait qu'aux premières vêpres de la fête de Noël, on devait allumer des cierges autour de la crèche, à la strophe de l'hymne : *Præsepe jam fulget*.

Cette crèche, suspendue à la voûte de l'église, entre le chœur et le sanctuaire, était faite en forme de lanterne à jour, ornée de verdure et de feuillage. Autour de cette crèche brûlaient douze cierges.

Sur la fin du premier nocturne de matines, le sacristain en chape, apportait au chœur, en cérémonie, la figure d'un petit enfant emmailloté et couché sur un peu de foin.

Au moment où le chantre commençait la première leçon du deuxième nocturne, *Salvator noster, dilectissimi, natus est, Gaudeamus*, le peuple se mettait à crier *Noël*, pour finir la « farce spirituelle » de la nuit.

Après la communion de la messe de minuit, on allait en procession à la crèche.

1. DOM GRENIER, *Introduction à l'Histoire de la Picardie, éditée par la Société des Antiquaires*, p. 385.

Des chapelains en aubes et en chapes contrefaisaient les pasteurs. Un enfant de chœur en aube faisait le personnage de l'ange, disant aux pasteurs : *Gloria in excelsis.* Ceux-ci adoraient l'enfant. Le célébrant qui était à l'autel se tournant vers les bergers leur chantait : *Quem vidistis pastores ? dicite, annunciate in terris quid apparuit vobis. Qu'avez-vous vu, bergers ? dites-le nous ; dites-nous ce qui vous est apparu sur la terre.*

Ils répondaient : *Natum vidimus. Nous avons vu un enfant nouveau-né.*

C'est ce qu'on appelait *chanter la Pastourelle.*

Monsieur le chanoine Vilman dit qu'il y avait un reste de cette cérémonie de son temps, c'est-à-dire en 1750.

Pendant les laudes, deux chanoines diacres, debout au lutrin, chantaient aux enfants de chœur, en aubes, placés en ligne sur le marchepiéd de l'autel, ayant derrière eux leur maître de musique en chape, jouant de la basse : *Pastores dicite quidnam vidistis et annunciate Christi nativitatem. Bergers, dites-le, ce que vous avez vu ; annoncez-nous la naissance du Christ.* Les enfants répondaient sur le même ton : *Infantem vidimus pannis involutum et choros angelorum laudantes Dominum. Nous avons vu un enfant enveloppé de langes et nous avons entendu le chœur des anges louer le Seigneur* [1].

Le Chapitre de Noyon supprima, le 7 janvier

1. Dom Grenier, *op. cit.,* p. 389.

1667, le spectacle de la veille de Noël représentant les anges veillant à la crèche pendant la nuit [1].

§ IV

Les enfants de la Maîtrise et la fête des Saints Innocents.

De même que les sous-diacres de la Cathédrale faisaient, le premier janvier, la *fête des fous*, que les diacres avaient pris pour patron saint Etienne et les prêtres saint Jean l'Évangéliste, de même les enfants de chœur fêtaient les Saints Innocents.

Leur fête commençait au verset du Magnificat : *Deposuit potentes de sede.* A ces paroles chantées par le chœur, les jeunes clercs s'emparaient des stalles hautes. Les chanoines et les chapelains du haut chœur prenaient, en ce moment, la place des enfants et en remplissaient les fonctions.

C'est ce qu'on lit dans les explications de l'office divin, par Belet. « En la fête des Saints Innocents, « est-il écrit, les enfants feront tout l'office parce « que les Innocents furent tués pour le Christ » [2].

En cette fête des Innocents, les enfants de la Maîtrise avaient en outre le privilège d'élire parmi eux ou parmi les chanoines, un évêque qui faisait

---

1. *Reg. capit. eccl. Novion.* D. Grenier, *op. cit.*, p. 412.
2. Et pueri in ipso festo Innocentium omne officium perficient quia Innocentes pro Christo occisi sunt. Caput LXX.

tout l'office du jour. Il revêtait, pour la circonstance, les ornements pontificaux, savoir : la mitre,
la chape, les gants. Il prenait également l'anneau
épiscopal, la crosse et donnait au peuple la béné-
tion sur le parcours de la procession d'usage.

Dans l'église d'Amiens, cet usage remontait déjà
à une haute antiquité, en 1291.

Le cérémonial de cette fête des Innocents était
consigné, disait l'ordinaire manuscrit de l'église
d'Amiens, dans les livres liturgiques.

On y lisait : « Si la fête des Innocents est célé-
« brée, selon l'usage, par les enfants de chœur, ils
« se conformeront, en la circonstance, aux règles
« tracées dans les livres de la liturgie » [1].

On lisait encore : « Si la fête des Innocents est
« célébrée, selon l'usage, par les enfants de chœur,
« que tout l'office soit celui de la fête des Inno-
« cents, comme il est indiqué dans les livres des
« fêtes » [2].

Il est ici fait allusion à certains chants particuliers qu'on appelait *pièces farcies*, dans la littérature
du moyen âge. Ces *pièces farcies* consistaient en
hymnes bilingues, en chants quelconques où le latin
liturgique était suivi de sa traduction versifiée en
langue vulgaire ou picard de l'époque. Ainsi l'épître
commençait par ce vers : « Oyez le sens et la
raison ».

1. Si hoc festum fiat ut consuetum est a parvis, ab ipsis fiat
officium sicut libri docent.
2. Omnia fient de festo ut in libris festorum continetur.

C'était quelque chose dans le genre de la prose de l'âne, à Beauvais, qui commençait ainsi :

> Orientis partibus,
> Adventavit asinus,
> Hez, sir asne, car chantez,
> Belle bouche rechignez,
> Vous aurez du foin assez
> Et de l'avoine à plantez.

La prose de l'âne se terminait par le refrain : *Hi-Han* qui ressemblait au braîment de l'âne ([1]).

Louvet dit qu'en Picardie, si un canonicat se fût trouvé vacant le jour de la fête des Saints Innocents, il aurait appartenu de droit à l'un des enfants de chœur ([2]).

Il en était de même à Beauvais où les enfants allaient, au sortir des Matines, éveiller, avec torches allumées, les chanoines, les chapelains et autres habitués de la Cathédrale qui n'avaient pas assisté aux Matines.

A Laon, en 1458, chacun des chanoines qui assistaient au souper des Innocents était tenu de donner 12 deniers parisis ([3]).

En 1580, le 20 décembre, le Chapitre allouait 30 sols aux jeunes clercs pour se récréer, à condition qu'ils le fissent convenablement ([4]).

(1) Dom Grenier, *Op. cit.*, pp. 355-362.
(2) Abbé Dubourguier, *Grandes écoles et gens d'Église*, p. 354.
(3) Dom Grenier, *op. cit.*, p. 356.
(4) *Ibid.*, p. 357.

A Noyon, la cérémonie extravagante des Innocents causa, en 1622, un espèce de schisme dans le Chapitre parce que le doyen, Jacques le Vasseur, la voulait interdire (1).

A la Collégiale Saint-Florent de Roye, l'évêque élu célébra, en 1527, la messe au grand autel, comme d'usage, et un enfant de chœur, son suffragant, officia aux autres parties de l'office.

A Saint Furcy de Péronne, la fête des Innocents existait encore en 1638. Le dernier évêque des Innocents, élu le 6 novembre de cette année, fut un nommé Desjardins.

Il ne reste plus rien, écrivait Dom Grenier, vers la fin du dix-huitième siècle, de cette ridicule cérémonie, dans les églises de notre province, excepté que le jour des Innocents, les enfants de chœur entonnent l'office en chantant seuls l'antienne *Hi sunt* et que l'un d'eux bat la mesure. A Amiens c'est le plus jeune (2).

§ V

LES ENFANTS DE LA MAITRISE ET L'UNE DES CÉRÉMONIES DE LA CONFRÉRIE DU PUY NOTRE-DAME.

Il s'agit ici d'une imitation de ce qui se passait dans la cathédrale de Notre-Dame du Puy-en-Velay.

(1) DOM GRENIER. *Introduction à l'Hist. de la Pic.*, etc., p. 358.
(2) *Ibid.*, p. 355.

, Voici ce dont il est question.

Aux environs de Noël, raconte l'abbé Monlezun, chanoine d'Auch et du Puy (¹), un enfant de chœur passant devant la Juiverie de la ville du Puy, chanta le motet : *Gabrielem archangelum scimus divinitus te esse affatum, etc. Erubescat Judœus infelix qui dicit Christum ex Joseph semine esse natum. Nous savons que l'ange Gabriel vous fut envoyé du haut du ciel, ô Marie, pour vous annoncer le mystère de l'Incarnation. Que le malheureux Juif rougisse, lui qui prétend que le Sauveur est né comme le reste des hommes.*

Transporté de colère, un juif tua le malheureux enfant et précipita dans une fontaine le corps de cette innocente victime. Or, Marie, raconte l'histoire, n'abandonne jamais les siens.

Il en arriva que, le jour des Rameaux suivant, au moment où la procession de la cathédrale passait devant la fontaine, l'enfant tué et soudainement ressuscité s'élança tout à coup hors de l'eau en chantant de nouveau d'une voix mélodieuse : *Réjouis-toi, Vierge Marie, seule tu as abattu dans le monde entier toutes les hérésies. Que le malheureux juif rougisse, etc.* Puis il raconta les circonstances de son horrible tragédie et finit en déclarant qu'il venait d'être ressuscité par la Sainte Vierge.

Quand le crime fut ainsi connu, le peuple en fureur se jeta sur le meurtrier et le massacra. La

(1) *L'Église angélique,* etc., p. 71.

justice seigneuriale chassa tous les juifs de la ville et le roi de France qui était Charles-le-Bel décréta que, s'ils rentraient jamais au Puy, ils seraient justiciables des enfants de chœur (¹).

Quelles relations exista-t-il entre le Puy et Amiens? Des picards qui se seraient rendus en pèlerinage au Puy-en-Velay auraient-ils conçu la création de la célèbre confrérie amiénoise? On ne saurait l'affirmer. Toutefois cette supposition paraît expliquer la cérémonie de la cathédrale d'Amiens, dont parle La Morlière. Il raconte qu'en la solennité de deux ou trois *Salve* fondés par la Confrérie de Notre-Dame du Puy et qui étaient célébrés tous les ans en l'honneur de la Vierge, au milieu de la nef de Notre-Dame, deux petits enfants de chœur montés sur une banquette de deux degrés, à l'écart des autres chantres, chantaient à longues notes le verset *Gabrielem* (²). Ils le faisaient en souvenir du miracle accompli par la Vierge de Notre-Dame du Puy.

§ VI

Enfants de la Maîtrise et libéralités faites en leur faveur.

Il s'agit surtout ici de dons particuliers et de fondations faites en faveur des enfants de chœur.

(1) *Le Puy N.-D.* par Edmond Soyez, pp. 27, 28, 29, 30.
(2) *Les Antiquités de la Ville d'Amiens,* pp. 87, 88.

1. La première de ces fondations, dont nous ayons trouvé trace, remonte à l'année 1259. Elle a comme auteur *Pierre Adéodat*, chanoine de la cathédrale, qui fonda la messe de Prime et laissa trois deniers au diacre et autant au sous-diacre qui accompagnaient le prêtre à l'autel. Il laissa seulement un denier à chaque enfant de chœur [1].

2. Nous trouvons, parmi les suivantes, celles de : *Lambert-le-Barbier* (Barbitonsoris) qui n'a pas de date. Celui-ci laisse annuellement 40 deniers aux grands et aux petits vicaires pour leur assistance aux premières vêpres ; 40 pour leur assistance à matines et 40 pour leur assistance aux secondes vêpres de la fête de saint Honoré [2].

3. *Firmin Pingré*, pénitencier, chanoine et official d'Amiens. Il laissa, en 1519, « au maistre des « enffans pour avoir chanté et associé avecq ses « enffans, tant à l'ostension du chef de saint Jean- « Baptiste que en le reportant, VIII sols » [3]. De même, il avait laissé, le 29 août 1515, « au maistre « des enfans, pour avoir chanté lui et ses enfans « à l'ostension du chef de sainct Jehan, trois ques- « nes de vin » [4].

Il donna encore, vers 1520, sur 12 livres de cens annuel pris sur sa maison et terre de Camon, 4 sols au doyen, 2 à chaque chanoine, 6 deniers à chaque

1. ARCH. DE LA SOMME, G. 1015.
2. ARCH. DE LA SOMME, Chapel. cart. VI. — Registre aux délibérations, fᵒ 154, vᵒ.
3. ARCH. DE LA SOMME, G. 541, fᵒ 19.
4. *Ibid.*, G. 541, fᵒ 20.

chapelain, vicaires non assidus et chapelains assidus ; 3 deniers à chaque petit vicaire ou enfant
de chœur, à charge de chanter, la veille de l'Annonciation, le répons *Gaude Maria,* avec le verset
Gabrielem, la prose *Inviolata* et trois oraisons [1].

4. En 1520, semaine du 18 décembre, service de
feu *M. de Piennes,* lieutenant-général de Roye,
« 2 pots de vin pour les grands et petits vicaires,
« 5 sols ; pour 3 pains blancs, 6 sols » [2].

5. *Pierre Wallet* distributeur des Chapelains,
curé de Bouillancourt-en-Séry et Moyenneville,
demeurant à Amiens et titulaire de Notre-Dame de
Prime, fonda, le 13 mai 1541, le 9e et le 10e enfant
de chœur. Il donna, pour cette fondation, 1080 livres
en argent comptant et 250 arpents ou journaux de
terre. Voici comment il s'exprime dans les conditions qu'il met à la réalisation de ce legs : « Tous
« les 10 enfants de chœur ensemble seront tenus
« de dire chacun jour au soir, quand ils iront cou-
« cher, une psaulme *De profundis* et l'auraison
« *Inclina* et *Fidelium* après le salut qu'ils ont ac-
« coutumé de dire en la chapelle de leur maison » [3].

Par testament du 2 octobre 1544, il laisse « a
« chacun enffant de chœur de l'église dudit amyens
« 3 sols à la charge de dire le psaulme *De pro-*
« *fundis* en la chapelle de Prime, sur sa tombe » [4].

1. G. DURAND, *Monog. de N.-D.,* T. II, p. 462. — Épitaphier C,
f° 28. — B, p. 16.
2. ARCH. DE LA SOMME, G. 542, f° 13.
3. *Ibid,* G. 1046.
4. *Ibid,* G. 1075.

Le 8 juillet 1545, eut lieu la déclaration du revenu des terres en 17 articles situées à Renancourt et du nom des fermiers [1].

Le 21 juin 1546, ces biens furent vendus sous le scel de Nicolas de Saisseval, greffier de la ville d'Amiens, garde du scel royal du bailliage d'Amiens, par Adrien de Lameth dit de Hénencourt, doyen du Chapitre. Jean de Louvencourt, chanoine de la cathédrale d'Amiens, les acheta pour la somme de 800 livres tournois [2].

L'amortissement en fut accordé au Chapitre, sous le scel de François de Saisseval, seigneur de Marconnelles, par Ferry le Caron, écuyer et Me Charles le Caron, licencié ès lois, son frère, demeurant à Renancourt-les-Amiens, seigneurs du dit Renancourt, le 17 février 1556 [3].

6. *Adrien de Hénencourt*, seigneur du dit lieu, docteur en décret, licencié ès lois, doyen du Chapitre d'Amiens et archidiacre de Noyon, par son testament du 18 juillet 1527, n'oublie pas les enfants de chœur.

Il s'exprime ainsi : « ...Et prie qu'à mon enterre-
« ment autour de mon corps, tous les enfants de
« la grande escole avec ceux de l'école du Chapitre,
« soient autour de la fosse là où je serai inhumé
« et que, deux à deux, dévotement ils disent une
« sept-pseaulme pour l'âme de moy et qu'à chacun

1. ARCH. DE LA SOMME, G. 1046.
2. ARCH. DE LA SOMME, G. 1046.
3. *Ibid*, G. 1047.

« d'eux leur soit distribué sur le lieu un Karolus...

« Je prie aux maistres de la grande eschole
« d'Amyens et du chapitre, qu'ils soient auprès de
« leurs enfans et qu'ils fassent tenir bon ordre aus
« dits enfans, auxquels maistres, je donne à chacun
« quatre sols » [1].

En raison de ce legs, ou trouve dans l'état du
compte d'exécution ce qui suit :

« Aux maistres de la grande escolle d'Amiens et
« du Chapitre pour avoir donné ordre à leurs en-
« fans et avoir assisté avec eux auprès de la fosse
« du défunt, à chacun 4 sols pour leur légat pour
« ce icy en mise pour 5 maistres de la grande
« escolle et deux maistres de l'escolle du chapitre ».

« Item, aux 8 enfans de chœur, chacun 2 sols, le
jour où fut fait le service à la confrérie de saint
Sébastien » [2].

7. Dans les pièces justificatives d'un compte de
1543, on trouve une quittance datée du 19 janvier.
Elle est de François de Villers, prêtre, chapelain
et maître des enfants de chœur de N.-D. d'Amiens.
Cette quittance est de 52 sols tournois qui lui sont
annuellement payés pour assistance avec les enfants, chaque jeudi, à la messe qui se dit au pilier
rouge de la cathédrale [3].

8. *Pierre Fremin Boulenger*, chanoine pénitencier, décédé le 22 mai 1560, laissa par testament

1. ARCH. DE LA SOMME, G. 1072.
2. ARCH. DE LA SOMME, G. 1073.
3. ARCH. DE LA SOMME, E. 948.

de la même année, au Chapitre, 300 livres faisant 25 livres de rente, à charge de procurer du charbon aux enfants de chœur, pendant l'hiver. Il y met comme condition que ces enfants diront, tous les jours, un *De profundis* avec *Fidelium* sur sa sépulture, en l'ancienne chapelle Saint-Pierre, actuellement de Saint-Jean-du-Vœu [1].

9. *Antoine de Créquy*, évêque d'Amiens, abbé de Saint-Pierre de Selincourt, laisse par testament du 8 juin 1574, cinq cents écus à distribuer aux chanoines, chapelains et vicaires de la cathédrale.

10. *Honoré Quesnel*, curé de Bayonvillers, laisse par testament en 1608, quatre cents livres à l'Université des chapelains, à charge de faire chanter à son intention une messe des morts, un *De profundis* en faux-bourdons et une messe en musique à chanter, le 10 mai, par les enfants de chœur [2].

11. Aux *Stabat* du vendredi de carême, fondés par *M. de Saisseval*, chanoine d'Amiens, il y avait 12 deniers à distribuer aux chanoines, 6 aux chantres, 2 aux enfants de chœur [3].

12. Il y a également un acte capitulaire du 9 mars 1626, d'acceptation de la fondation du salut de Pâques par *Claude de Saisseval*, doyen et chanoine de la cathédrale d'Amiens. Par cet acte capitulaire, 20 sols sont attribués à l'Évêque ou au Doyen qui le remplace ; 8 aux chanoines prêtres ;

1. *Biblioth. d'Amiens*, Ms., 517, p. 14.
2. ARCH. DE LA SOMME, *Chapel. d'Amiens*, Arm. I, L. 8, n° 25.
3. Notes du chan. VILMAN, Chapitre du 1er mars 1627.

8 au préchantre et au chantre qui tiendront la chape ; 2 aux quatre chanoines qui chanteront le verset du *Requiem* ; 1 au vicaire porteur du texte ; 2 à chaque chapelain ; 2 à chaque chantre, outre les distributions des chapelains ; 6 à l'organiste ; 6 aux souffleurs ; 3 aux enfants de chœur.

13. *Mᵉ Guillain Lucas*, chanoine, conseiller et aumônier du roi, seigneur de Démuin, Courcel, Épaumesnil, mort en 1628, fonda la maison d'école des pauvres enfants orphelins. Il donna 50 livres de rente pour l'entretien des aubes et pelisses des enfants de chœur de la cathédrale [1].

14. Le Chapitre, en 1730, remettait annuellement la somme de 5.000 livres, pour la nourriture, l'entretien, le loyer et les récompenses des maîtres et domestiques des enfants de chœur, au nombre de 14 personnes [2].

15. Plusieurs nobles familles de Picardie auraient entretenu, à leurs frais, un enfant de chœur au Chapitre. Ainsi, la tradition orale, au sujet de la famille du comte d'Hésèque de Mailly, signale une libéralité de ce genre. François Lemaire, de Forceville, mort en 1863 à 90 ans, dut quitter, en décembre 1790, la maîtrise où il était à la charge du comte d'Hésèque : il avait 17 ans [3].

1. G. DURAND, *Monog. de N.-D.*
2. DARSY, *Bénéfices*, T. I, p. 33.
3. ABBÉ DUBOURGUIER, *Grandes écoles et gens d'Église*, p. 550.

§ VII

ENFANTS DE LA MAÎTRISE ÈT MEUBLES
MIS A LEUR DISPOSITION.

On trouve, parmi les meubles et objets mis par le Chapitre à la disposition des enfants de chœur, dans leur maison de la Maîtrise :

1. — D'après l'inventaire du 4 octobre 1547 [1].

Objets de cuisine.

« Onze escuelles, cincq saulserons (petites sau-
« cières), trois grantz platz, trois moyens platz,
« deux gobbeletz, deux gattelettes, une esguière
« (aiguière), deux sallières, le tout en estain.

« Trois tables, six hestaulx (étaux ou longues
« tables), deux escames (escabelles), le tout en boys
« de quesne.

« Une armaille (armoire) de boys à deux huyse-
« letz (petites portes) et deux serrures estant en la
« cuisine.

« Deux coffres de boys, ung buffet à deux huis-
« setz (portes) de boys.

« Un estaplier (lutrin en forme de pupitre) de
« boys servant à l'escolle.

« Deux candelliers d'herrain, ung pot coffre de
« fer, deux andiers (chenets), une brocque à tourner

1. Nous respectons ici l'orthographe de l'époque ; nous réser-
vant de donner entre guillemets l'explication des mots moins
connus.

« rôt, une pallette à porter feu, une escuelles, un
« gry (gril), une ansette (petite cuve à anse), une
« rattoire (ratissoir de cuisine), ung greuet (fourche
« à dents recourbées).

Objets de literie.

« Un calit de camp (lit en bois), six cravetz
« (cavechs, cavets, oreillers), six couvertoirs et six
« loudiers (matelas).

Objets de table.

« Deux nappes à ouvrage de panche de vacque,
« contenant chacune cinq aulnes, une aultre ditte
« ouvrage, rayé de pers fillie (en fil bleu teint en
« guède) contenant cincq aulnes et ung quart,
« une aultre nappe, d'ouvrage de grand Paris, con-
« tenant quatre aulnes, une aultre nappe contenant
« trois aulnes et un quart, d'ouvraige rosées.

Objets de propreté.

« Quatorze serviettes de lin, d'ouvraige de
« Venise, merquiées et rayé de pers fille (en fil bleu
« teint) contenant une aulne, quartier et demy de
« long et une aulne de large.

Ouvrages de chant.

« Trois volumes èsquelz sont contenus plusieurs
« messes en discant (deschant ou faux-bourdons),
« ung aultre volume, où sont contenus les *Salve*
« *Regina*, ung grand volume couvert de blancq,
« ung aultre couvert de rouge, à messe de vieille
« musique, ung aultre couvert de vert, où sont

« contenus plusieurs hiemes (hymnes), ung aultre,
« couvert de tanné (couleur semblable au tan) aux
« *Magnificat*, cinq petit livres, où sont plusieurs
« mottés, couvert de noir, quatre aultres livres cou-
« vers de parchemin à mottés (motets) de vieille
« musicque, ung mottet à xxxvi parties, escript, en
« toile, le tout donné par deffunct Mᵉ Jean Cléricy,
« chanoine d'Amiens, ung livre couvert de noir, à
« messes des morts, donné par M. La Ratte,
« aulmônier de la Roche. Un fort grant livre cou-
« vert de rouge, où sont contenus plusieurs messes,
« ung aultre aussy couvert de rouge, où sont con-
« tenues plusieurs hiemes (hymnes), ung aultre
« couvert de parchemin, où sont contenus plusieurs
« messes, les dits livres venant de sire Adrien Jos-
« selin, chanoine vicarial, en son temps, maistre
« des dits enfants.

2. — *D'après l'inventaire du 12 septembre 1565.*

« Deux pots de chambre de thierçain (en forme
« de tonneau) pour servir de nuict en la chambre
« d'iceulx enfans. Une couche à quatre piliers, pour
« le maistre d'iceulx enfans. Un calict de camp,
« pour coucher le serviteur. Une aultre couche de
« de bois où couche la chambrière. Six vieilles
« couches pour les enfans, tenans ensemble. Cincq
« couchettes en forme de lict de camp à quatre
« piedz tournés, quy se ferment à vérain (à vis) et
« tringles par le hault, avec cincq paillasses de toile

« de sacqz, pour l'usance d'iceulz enfans. Ung cœuti f
« (edredon) garny de plumes pesant LXVI livres,
« avec le traversain, ung loudier (matelas) et une
« couverture en fachon de Castellongne (Catalogne)
« rouge pour le maistre... Les livres en discant
« (faux-bourdons). Un grand livre couvert de noir,
« à deux clouans (fermoirs) où sont contenus douze
« messes, donné par sire Jehan Boistel, naguère
« maistre d'iceulx enfans.

3. — D'après l'inventaire du 14 mars 1612.

« A esté trouvé en la salle, une grande table avec
« les tréteaux et deux bancs. Plus, dans l'escolle des
« enffans, une table avec les tréteaux, une chaise
« et un petit bancq.
« En la chapelle, a esté trouvé ung autel de bois,
« deux petits bancqs, ung tableau de bois aiant la
« figure d'un Crucifix, plus ung aultre bois où est
« l'image de Nostre-Dame de Pitié, une telle (tresse
« faite avec de l'écorce de chanvre) posée devant
« la porte, pour se garer du vent.
« Les livres de musique comme il s'en suit :
« Ung grand livre, où sont les *Salve* des vieux
« autheurs, couvert de blanc ; ung aultre couvert
« de rouge, où sont plusieurs messes ; plus ung
« aultre livre viel et usé, remply de plusieurs *Magni-*
« *ficat* et *Salve*, de plusieurs autheurs ; plus ung
« aultre en parchemin où il y a plusieurs *Magni-*
« *ficat* et *Salve* composez par Favette ; ung aultre

« livre couvert de parchemin donné par M. de Cam-
« pereux, où sont quelques messes et *Magnificat*,
« le tout imprimé. Un aultre livre couvert de noir
« où sont les messes d'Orlande à quatre (voix)
« donné par M. Gœudon ; un aultre livre couvert
« de parchemin intitulé *Passiones*, *Lamentationes*
« *Jheremie*, dans lequel il y a une *Passion* en mu-
« sique ; plus ung aultre livre couvert de noir, où
« sont les messes d'Orlande à cinq (voix) et à six
« avecq les *Magnificatz* à quatre et à cinq ; plus
« ung aultre grand livre de Philippe de Monte, où
« sont plusieurs messes, avec ung aultre couvert
« de noir, dans lequel y a plusieurs messes d'Or-
« lande à 4, à 5 et à 6 (voix) et de Claudin le jeune
« à 4 voix, acheptez par MM., de Mᵉ Pierre Cleuet ;
« plus ung aultre livre de messes imprimées et de
« du Cauroy et Bournoville, couvert de veau noir,
« achepté le dixiesme septembre dernier ; plus
« quatre petits livres couverts de vellin, contenant
« quelques faulx bourdons de certaine feste de
« l'année et avec deux messes à quatre, faictes par
« le dit Bournoville.

Il y a encore un autre inventaire de « meubles
« et livres estant en la maison de la maistrise
« des enffans de chœur de l'église cathédrale
« d'Amyens ».

Ce dernier inventaire, fait par devant Mᵉ Arthur
aux Cousteaux, le 30 septembre 1633, est la repro-
duction des précédents [1].

1. ARCH. DE LA SOMME, G. 1053.

CHAPITRE III

Les Officiers de la Trésorerie

ARTICLE PREMIER

De la Trésorerie.

NOTION ET RÉUNION A LA MENSE ÉPISCOPALE.
— OBLIGATIONS DE L'ÉVÊQUE.

1. — La Trésorerie fut originairement créée pour la garde et la conservation des différents objets et revenus constituant le trésor de la cathédrale. Elle constitua, jusqu'au XIIᵉ siècle, une dignité dans le Chapitre et à cette dignité répondait un bénéfice donnant le moyen de vivre au chanoine qui en était le titulaire.

2. — La Trésorerie fut réunie à la mense épiscopale du temps de l'évêque Théoderic, au commencement de l'année 1149.

Dès le 4 des calendes de juin suivant, le pape Adrien IV approuvait cette innovation par bulle où il déclare en agir ainsi dans l'intérêt de l'Église d'Amiens [1].

3. — En vertu de cette réunion, les revenus du titulaire de la Trésorerie et ceux de la cathédrale figurèrent désormais parmi les ressources particulières à l'Evêque d'Amiens. Le Chapitre cependant garda la propriété et l'administration des « reliquaires, joyaulx, sanctuaires, calices, ornements, « livres, linge et aultres ustensiles ecclésiastiques « appartenant à l'Église d'Amyens » et consacrés au culte [2].

L'Évêque, à partir de 1149, se trouva dans l'obligation de livrer tout le matériel du service divin. Ainsi le voit-on, le 9 décembre 1530, condamné à fournir tous les objets nécessaires à l'accomplissement des fondations faites par Adrien de Hénencourt, doyen du Chapitre [3]. De même, en sa qualité de Trésorier de la cathédrale, accepte-t-il de fournir le nécessaire à l'accomplissement des dernières volontés de Claude de Saisseval qui, par testament du 9 mars 1626, laisse 100 livres de rente pour la fondation du Salut du jour de Pâques et demande, à l'Évêque, de faire sonner les deux grosses cloches de la Cathédrale.

Toujours pour les mêmes raisons, l'Évêque dut fournir à la cathédrale quatre officiers dont le choix lui fut réservé. Ils devaient être prêtres et avoir

1. ARCHIVES DE LA SOMME, G. 552.
2. ARCH. DE LA SOMME, G. 1136, année 1515.
3. *Ibid.*, G. 1073.

une chapelle de celles attribuées aux vicaires de la cathédrale. On les nomma, à cause de leur emploi, les Officiers de la Trésorerie [1].

ARTICLE DEUXIÈME

Les officiers de la Trésorerie.

NOMS, FONCTIONS, ÉMOLUMENTS.

Les officiers nommés par l'Évêque étaient le Sous-trésorier, le Sacristain et les deux Sonneurs.

Le *Sous-trésorier* était commis à la garde du Chef de Saint Jean-Baptiste et de la Vraie-Croix.

Il devait, avec les deux sonneurs, assister l'Évêque quand il officiait pontificalement aux fêtes solennelles de première classe, telles que celles de Pâques, par exemple, de la Fête-Dieu, de la Toussaint, de l'Epiphanie, etc.

En ces circonstances, l'un des trois officiers portait la mitre, l'autre la crosse, le troisième, le bougeoir épiscopal.

Le Sacristain, lui, se réservait à ses fonctions habituelles, mais, comme ses autres confrères, il dînait ces jours-là avec les valets de l'Evêque qui recevait, en même temps qu'eux, le Chapitre.

Quand, à défaut de l'Évêque, le Doyen du Cha-

1. ARCHIVES DE LA SOMME. Titres de l'évêché, B. 28. — *Gallia Christiana*, x, 1150. — P. DAIRE. *Histoire de la ville d'Amiens*, T. II, p. 189.

pitre officiait, c'était lui qui recevait à sa table les Officiers de la Trésorerie [1].

Le Sous-trésorier avait au chœur la stalle portant le n° 84 du plan de la cathédrale par M. G. Durand, qui se fit l'historien du monument en 1901 et 1903.

Comme l'Évêque n'en avait pas de spécialement assignée, c'est cette dernière qu'il occupait s'il voulait assister au chœur les jours où il n'officiait pas [2].

Outre les fonctions précédemment énumérées, le Sous-trésorier avait encore la charge de la comptabilité de la Trésorerie.

Le *Sacristain*, comme son nom l'indique, avait la garde des ornements de la Sacristie ; conséquemment celle des vases sacrés, des reliquaires, des linges et des cires que l'on brûlait tous les jours pour l'office divin. Il devait aussi jeter au cimetière des Machabées les restes des cendres bénites, disposer les autels pour la célébration du Saint-Sacrifice, et, au Chapitre du 10 mars 1734, il fut arrêté qu'il lui serait alloué une somme de trois livres pour préparer, à l'autel de Saint-Jean-du-Vœu, les ornements nécessaires à l'acquit de la messe *Salus populi*, qui était dite à celui du *Retro altare* (autel de Saint Jean-Baptiste situé derrière le chœur), pendant le Carême. Depuis le 11 mars

1. *Souvenirs d'un vieux Picard*, pp. 24, 29.
2. G. DURAND. *Monog. de N. D.*, T. II, pp. 52, 155.

1732, cette messe se disait en la chapelle de Saint-Sébastien [1].

Dans le courant de mars 1650, Jean Hémart, bourgeois d'Amiens et Demoiselle Marie de Hollande sa femme, ancien maître et ancienne maîtresse de la Confrérie de Notre-Dame du Puy, fondèrent, en la même chapelle de Saint-Sébastien, une messe haute solennelle en l'honneur de saint Roch. Par cette fondation ils laissèrent 6 sols au sacristain à charge « de livrer les ornements et « baston d'argent, de fournir cierges sur l'autel « tous allumez durant la messe et le bouquet aussi « remply de cierges allumez devant icelluy, d'en- « tretenir pareillement par la dite confrérie son « cierge annuellement tous les jours et festes qui « y est accoustumé, poser au chandelier à costé de « Saint-Roch qui est à la dite chapelle et allumé « durant les grandes messes et vespres, veilles et « jours des dites festes, faire nettoier une fois « l'année tout le contenu de la dite chapelle, « écurer les balustres d'icelle au premier jour « d'aoust » [2].

Le *premier sonneur* d'en bas devait mettre en branle les cloches de la flèche de la cathédrale dont les cordes tombaient en face de la grande porte d'entrée du chœur. Il devait coucher dans l'édifice et sonner le premier coup de Matines tous

1. Notes non inventoriées du Chanoine VILMAN.
2. ARCHIVES DE LA SOMME, E. 964.

les jours, à l'exception toutefois des fêtes solennelles de première et de seconde classe.

Le second sonneur d'en bas devait, comme le précédent, coucher dans la cathédrale et venir en aide à son collègue quand il fallait sonner à deux cloches, comme aux fêtes doubles.

C'est lui qui, dans la nuit du 15 au 16 mai 1615, mit le feu à son lit, faute de précaution, et faillit incendier les stalles. Sa chambrette était dissimulée dans la clôture du chœur, au-dessus de la porte latérale donnant, de nos jours, du côté de la Sacristie. Il y parvenait par un escalier enfermé dans une tourelle sculptée à jour et ornée des statues des quatre grands docteurs de l'Église [1].

En 1757, on fit coucher le second sonneur dans une chambre placée sur la sacristie [2]. En 1782, en une petite cellule vitrée construite en la tribune de la chapelle de Saint-Eloi. A partir de la Révolution, le gardien de la cathédrale cessa de passer la nuit dans l'édifice [3].

Le second sonneur avait encore la charge d'ouvrir et de fermer, tous les jours, les portes de la cathédrale ; de tenir les bénitiers en état de propreté ; de les remplir, chaque semaine, d'eau bénite ;

1. *Biblioth. comm. d'Amiens*, ms. 836 (MACHART, T. VIII). — DUSEVEL, *Une visite à la cath. La Picardie*, T. VI, p. 513. — ARCH. DE LA SOMME, GG. 612. — E. SOYER, *Le sanctuaire de la cath. d'Amiens* p. 32. — G. DURAND, *Monog. de N.-D.*, T. I, p. 84. — T. II, p. 153. — Notes du chanoine VILMAN.
2. G. DURAND, *Monog. de N.-D.*, T. II, p. 12.
3. *Hist. des chapelains*, M. LEROY, pp. 42 à 65.

d'assister à la grand'messe et aux vêpres des fêtes et dimanches, au coin du chœur, latte en main ; de conduire les ministres sacrés à l'autel et de les reconduire à la sacristie, la messe terminée etc...

Le second sonneur s'appelait aussi *Guidon* parce qu'il conduisait et précédait la croix dans les processions.

Ainsi, est-il arrêté, au chapitre du 13 mai 1698, que le *Guidon*, Claude Debonnaire, sera mandé à la prochaine réunion capitulaire. En cette réunion, défense lui fut faite de « prendre à l'avenir, lorsque « le temps menacera pluie, ordre, comme il l'a fait « par abus, de M. le préchantre, pour la sortie des « processions, mais du Chapitre réuni en corps » [1].

Le 6 mai 1704, le Guidon fut averti, en réunion capitulaire, « de tenir la main avec plus d'exacti- « tude que par le passé, à ce que, lors des proces- « sions générales, on aille doucement » [2].

Le Guidon avait encore comme charge spéciale de placer, sur l'ancien jubé, aux *Gaude* du samedi, deux cierges allumés devant l'image de Notre-Dame-des-Bons-Barons [3]. Il le faisait en exécution d'un legs de Guillaume-aux-Cousteaux, du 20 février 1512. (v. s.) [4].

La statue de Notre-Dame des-Bons-Barons, haute d'environ trois pieds, était placée près de l'ancien

1. Notes non inventoriées du chan. VILMAN.
2. Notes non invent. du chan. VILMAN.
3. ARCH. DE LA SOMME, G. 441, fo 106.
4. PAGÈS, T. V. — *Biblioth. comm. d'Amiens*, m. 517, p. 22.

autel de l'Anneau de Notre-Dame ou de Saint-Firmin [1].

L'Université des chapelains devait, chaque année, une somme de 310 livres à la Trésorerie, « pour gages en partie de celui qui allumait les lampes pendant les *Gaude* [2]. De même, une somme de 32 livres annuelles était-elle remise par le Chapitre « pour fournir la sonnerie solennelle des *Gaude* ». Cette rente provenait d'une fondation faite en 1520 par M⁰ Firmin Pingré, pénitencier, chanoine et official d'Amiens [3].

Dans l'état du compte d'exécution testamentaire d'Adrien de Hénencourt, doyen du Chapitre, nous voyons qu'il a été remis la somme de xii sols à M⁰ Robinet, guidon, pour droits de draps mis sur la sépulture du dit défunt après qu'il fut inhumé [4].

Cette simple indication vient confirmer ce que nous savions déjà, à savoir que les quatre officiers de la Trésorerie s'aidaient mutuellement en leurs diverses fonctions, dans le cas de nécessité.

Comme ils aidaient aussi aux sonneries de la cathédrale, ils portaient chacun le nom de *Cloquemans*. La preuve en est dans le testament de Adrien de Hénencourt. Il laisse aux cloquemans la somme de 10 livres, pour sonnerie solennelle de ses services et enterrement [5].

1. Notes du chan. VILMAN.
2. DARSY, *Bénéfices*, T. I, p. 43.
3. *Monog. de N.-D.* par G. DURAND, T. II, p. 462.
4. ARCH. DE LA SOMME, G. 1073.
5. *Ibid*, G. 1072.

Nous voyons en outre ses exécuteurs testamentaires payer la somme de 4 sols aux quatre cloquemans de l'Église d'Amiens, pour avoir gardé et veillé le corps du dit défunt durant le temps où l'on a chanté le psautier au chœur [1].

ARTICLE TROISIÈME

Traitement et gages des officiers de la Trésorerie.

Outre les dons manuels qu'ils percevaient pour assistance aux offices du chœur, outre le casuel perçu par eux dans les services religieux, outre leur traitement payé par l'Évêque et les 2000 fr. à eux remis par le Chapitre pour leurs gages comme pour l'entretien des ornements de la Sacristie [2], les officiers de la Trésorerie percevaient le revenu de quatre chapellenies. Ces quatre chapelles avaient été réunies à la Trésorerie en 1648 [3].

C'étaient celles de Saint-Louis, de Saint-Jean-Baptiste 2e, de Saint-Pierre et de Saint-Paul.

Chapelle de Saint-Louis. — Elle ne paraît plus posséder de revenus particuliers, en 1730, d'après la déclaration du titulaire, Me Nicolas-Honoré Lemoine.

Chapelle de Saint-Paul. — D'après la déclaration de son titulaire, Me Thomas Berthelot, du 1er fé-

1. ARCH. DE LA SOMME, G. 1073.
2. DARSY, *Bénéfices*, T. I, pp. 48, 34.
3. ARCH. DE LA SOMME, G. 650, f° 223.

vrier 1730, elle avait comme revenus à cette époque :

Un droit de dîme sur le terroir de Hailles, affermé, en 1728 . . . . 12 livres.

Une portion de dîme sur le terroir de Mézières, affermée . . . . 60 livres.

D'après une sentence de l'official de Reims, rendue sur appel, le 8 mai 1504, cette portion de dîme consistait en une gerbe de trois[1].

Une portion de dîme sur le terroir de Bertangles, affermée, en 1709 . . . . 55 livres.

Redevance du Chapitre d'Amiens de 18 setiers de blé évalués 37 livres et 18 setiers d'avoine évalués 27 livres. Total . . . . 191 l. 16 s.

CHARGES. — Le tiers des réparations du chœur de l'église de Hailles . . . . . 10 livres.

Du chœur de celle de Mézières . 15 livres.

Du chœur de Bertangles . . . . 15 livres.

Aux porteurs et mesureurs du chapitre, pour la dite redevance en nature . . . . . 1 livre.

Supplément de portion congrue . 13 livres.

Récapitulation. Montant des revenus 191 l. 16 s.

       » » des charges 54 liv.

       Reste net . . 137 l. 16 s.[2]

Chapelle de Saint-Jean-Baptiste, 2e. — Cette chapellenie, qui paraît être celle fondée par l'évêque Jean de la Grange, avait comme revenus, en 1730,

1. ARCH. DE LA SOMME, *Invent.* Évêché, fo 110, 14e.
2. DARSY, *Bénéfices*, T. I, p. 48.

si nous nous en rapportons à la déclaration du
titulaire, Pierre Lhommé :

Une portion de dîme sur le terroir de Mailly,
Colincourt et Belleval, affermée à différents particuliers moyennant . . . . 150 livres.

CHARGES : Réparations du chœur de
Mailly et entretien des ornements . 35 livres.

Reste net . . 115 liv. [1].

Chapelle de Saint-Pierre. — Ses revenus, d'après
la déclaration faite le 20 mars 1730 par son titulaire,
Me Bernard Ringard, consistaient en :

Une portion de dîme sur le terroir de Cavillon,
affermée 50 livres. — Une autre sur les terroirs de
Soues et Hangest-sur-Somme, 100 livres.

Total . . . . 150 livres.

CHARGES : Part de la portion congrue du curé de
Soues, 12 liv. 10 sols. — Part des réparations des
chœurs de Cavillon et Soues, 15 liv. — Taxe de
l'Hôpital, 1 liv. 4 s. Total . . 28 liv. 14 sols.

Récapitulation :

Montant des revenus . . . . . 150 livres.
» » des charges . . . . . 28 l. 14 s.

Reste net . . . 121 l. 6 s. [2].

1. DARSY, *Bénéfices*, T. I, p. 50.
2. DARSY, *Bénéfices*, T. I, p. 49.

ARTICLE QUATRIÈME

Comptes, revenus et charges de la Trésorerie.

Les revenus et les charges de la Trésorerie
durent nécessairement varier au cours des âges.
On peut se rendre compte de l'état de ces dernières,
en 1519, d'après le compte « rendu par Jean Barbe,
« prêtre commis à la garde de la Trésorerie de la
« cathédrale d'Amiens, du 12 septembre 1518, au
« 12 septembre » de l'année suivante.

Nous y trouvons une série de dépenses faites :
pour « les gaiges des quatre serviteurs de l'église »,
pour « allumer les lampes de l'église ». En faveur
de « Jean Carton, pour avoir getté du feu et des
oublies au première vespres de l'Invention sainct
Fremin le martir [1] » ; de « Loys Boche, pour avoir
attaché deux puyes (appuis) en la montée du chef
de Saint Jehan ».

Autres dépenses pour sermon de la Septuagésime,
pour « mucher et envelopper les ymages du
chœur », pour « tendre le voile du cœur », pour le
« sonnage du *Te Deum* sonné pour le joyeux advé-
nement du dauphyn de Franche », pour « ung apel
sonné pour Mons. d'Amiens », pour « buitz dit
palme pour le jour de Pasque flourye », à « ung

[1] On en agissait de même le jour de la Pentecôte, pendant le
chant du *Veni Creator*, pour figurer la descente du Saint-Esprit
et de ses dons sur les Apôtres. (Dom GRENIER, *Introd. à l'Hist.
de Picardie*, p. 388).

painctre, pour avoir paint l'alée de l'église », pour
« l'apel du sermon général fait le jour du jœudy
absolut », à « Robert Boucher, pour avoir emply les
fons, la veille de Pasque », à « sire Pierre Denise,
pour avoir gardé la vraye croyx le jour du grant
Vendredi et avoir netoyé les petits chandeliers de
l'église » ; à « Jehan le Pruvost pour l'orloge »,
pour « les revestus qui ont assisté autour de Monseigneur, à la grant messe le jour de la Penthe-
couste », à « ung paintre, pour avoir paint 24 écus-
sous, pour les armairies qui servent à mettre douze
torses que on porte à la procession », aux « six
serviteurs, pour avoir tendu et paré emprez de la
chapelle Sainct-Loys, là on baise le chef Sainct
Jehan », aux « quatre serviteurs de l'église, pour
avoir mis et osté le tabernacle là on monstre le chef
sainct Jehan », pour le « guet fait le veille de la
Nativité sainct Jehan ». « Ung pot de vin pour le
bailly et les officiers de Monseigneur, laditte veille »,
pour « deux cens et demy de pomes, pour distribuer
en cœur le jour Sainct Jacques » [1].

En la semaine du 28 août 1519, on tient compte
aux serviteurs de l'église, du temps passé pour avoir
« tendu et paré la chapelle de Sainct Loys, là où
l'on baise le chef de Sainct Jehan » et à ceux qui
ont « mis et osté le bayard (civière à bras), là où

---

1. L'usage existe encore en certaines paroisses, particulière-
ment à Esserteaux, de bénir et de distribuer, en la fête de Saint
Jacques, des pommes, comme préservatif contre les effets de
la foudre.

l'on montre le chef sainct Jehan au milieu de la
nef ». On a présenté, « par trois divers jours, durant
les octaves de la Décollation Sainct Jehan-Baptiste,
à Mons. le chantre, à cause qu'il a monstré le chef
Sainct Jehan, trois quesne de vin ». Il y a, en outre,
diverses dépenses faites en faveur du « maistre des
enfans, pour avoir chanté, luy et ses enfans, à l'ostencion du chef sainct Jehan » ; de Pierre Latrent,
peur avoir chanté à la dite ostencion. Furent ache-
tées enfin, une livre de coton pour les lampes de
l'église ; « quatre livres de chandeille de sieu, qui
ont servi les matinées d'iver en la montée du chef
sainct Jehan ».

A relever, dans le compte de gestion du sous-
trésorier, Jean Barbe, qu'un sermon d'avent était
payé quatre sols. La chayère (chaisière) avait 12
deniers pour arrangement des sièges les jours de
prédication ; Jehan Carton à peu près autant pour
jeter des étoupes enflammées et des oublies du haut
de la voûte de la cathédrale, aux fêtes de la Pentecôte et de « Saint Fremin martir » [1]. Ce fut Co-
lenet Godivel qui s'acquitta de cette besogne, en
1520. En 1522, on jeta de la voûte de la cathédrale,
du feu, des étoupes, du lierre et des oublies [2], le
jour de l'Invention de Saint Firmin, martyr, et le
jour de la Pentecôte.

Un usage analogue à ce dernier se pratique encore actuellement à Rome. En la fête de Notre-

1. ARCHIVES DE LA SOMME, G. 541.
2. ARCHIVES DE LA SOMME, G. 544.

Dame-des-Neiges, a lieu, à Sainte-Marie-Majeure, la pluie traditionnelle de pétales de jasmin.

Dans la chapelle Borghèse où la fête est présidée par un Cardinal, les pétales tombent du haut de la coupole, durant la messe et les vêpres, donnant l'illusion de vrais flocons rafraîchissants [1].

D'après la déclaration fournie au bureau diocésain, le 3 avril 1730, par messire Denis Lapierre, prêtre, chantre en dignité et chanoine de l'église cathédrale, au nom et comme fondé de pouvoir de Monseigneur Pierre de Sabatier, les revenus de la Trésorerie étaient les suivants :

1. Offrandes faites au chef de Saint Jean-Baptiste et à la vraie Croix, année commune. 200 livres.

2. Cierges des métiers et des confréries de la cathédrale . . . . 11 livres.

3. A recevoir du Chapitre d'Amiens, année commune, à cause des obits qui s'acquittaient dans la cathédrale et des nouveaux offices, tant pour le luminaire que pour la sonnerie . . . 172 livres.

4. Les cires jaunes des offrandes et celles dues par les curés d'Amiens, montant, chaque année, au poids de 750 livres évaluées à 20 sols 750 livres.

Les cens de la ville . . . . . 29 «

Total : 1162 livres.

1. L'*Univers* du 8 août 1909.

Charges spéciales à la Trésorerie :

1. Gages des quatre officiers de la Trésorerie, des sonneurs, des cordiers, du bourrelier, de la blanchisseuse . . . . 612 livres.

2. Dépenses extraordinaires en cire blanche, façon des cires jaunes, huile des lampes, charbon, chandelles, encens, augmentation des gages des douze sonneurs et pour la sonnerie extraordinaire, année commune . . . . 664 livres.

3. Cire jaune qui se consume pour le luminaire de la cathédrale, 750 livres pesant, évaluées 750 livres.

4. Remise des cens qui ne se paient pas . . . . 24 livres.

Total : 2050 livres.

Récapitulation : Charges 2050

» » » Recettes 1162

Déficit : 888 livres,

payables par l'évêque [1].

Noms des officiers de la Trésorerie.

Barbe Jean (1519 à 1542).
Berthelot Thomas, d'Amiens (1709 à 1769).
Blocquel Adrien, sous-trésorier (1535).
Blondelle Etienne, d'Amiens (1709).
Blouquel Jacques (1522).
Cousin Auguste (1548).

1. DARSY, *Bénéfices*, pp. 8-11.

Debonnaire Louis, sacristain (1703).
Demontreuil Hugues (1347).
Dubuisson Antoine (1689).
Gessenet Nicolas, sacristain (1667).
Guidé (1741).
Lenfant Antoine-Adrien (1789-1790).
Lhommé Pierre (1721-1734).
Lemoine Nicolas-Honoré (1730).
Micquignon Jean (1687).
Renœufve Mathieu (1622).
Robinet (1531).
Ringart Bernard (1730).
Vallart Ignace, d'Amiens (1709).

CHAPITRE IV

Les Gardes du Chapitre de la Cathédrale

———

ARTICLE PREMIER

Le Chambellan du Chapitre.

Le chambellan était l'officier du chœur attaché surtout à la personne du doyen du Chapitre.

Diverses autres fonctions lui étaient cependant attribuées.

En premier lieu, il avait la garde de l'une des deux clefs de la salle capitulaire. Il ne pouvait conséquemment y pénétrer sans être accompagné du notaire du Chapitre, qui gardait la seconde clef non semblable à la première.

Même réunis ensemble, le chambellan et le notaire ne pouvaient laisser pénétrer dans la salle aucun chanoine non accompagné de deux autres de ses collègues.

En second lieu, le chambellan était tenu d'assister à la messe et aux vêpres, chaque jour, dans le chœur de la cathédrale ou même dans une autre église si le Chapitre s'y rendait en corps. Il avait, en cette occasion, à garder l'entrée du chœur avec l'un des sergents ou gardes du chœur et du cloître de la cathédrale, afin de s'opposer à tout désordre qui aurait pu se produire, soit pendant l'entrée au chœur, soit au cours de l'office que l'on y chantait.

Sa place, au chœur, était du côté gauche de la porte principale. Il devait s'y tenir assis, le visage tourné vers le prévôt du Chapitre et les yeux assez souvent fixés sur le Doyen ou son remplaçant afin que ces derniers pussent, à l'occasion, lui notifier, avec facilité, ce qu'ils avaient à dire, à prescrire et à faire exécuter au chœur.

Le chambellan était, en troisième lieu, tenu d'aller chercher, au dernier coup de prime, le Doyen du Chapitre, s'il était à Amiens, et, en son absence, le prévôt ou son remplaçant pour les accompagner au chœur. Il devait aussi reconduire en son domicile, après la messe capitulaire, celui qu'il avait été chercher. Les mêmes fonctions devaient se renouveler avant et après chaque office du Chapitre. S'il n'y avait aucun dignitaire à accompagner, le mercredi et le vendredi, jours où le Chapitre avait coutume de se réunir, ou le jour des assemblées extraordinaires, le chambellan était tenu d'aller prendre le plus vieux chanoine chargé de présider la réunion. Mais, en ce cas, il devait laisser fermée la salle capitulaire et ne l'ouvrir à qui que ce fût, sans en aviser les capitulants eux-mêmes.

Le chambellan devait encore, les jours de réunion capitulaire, sonner la cloche du Chapitre, et le faire encore à la fin de l'obit qui précédait l'assemblée, s'il s'en chantait un ; dans le cas où il n'y avait pas d'obit, il devait sonner la cloche après le chant de Prime. Il lui était recommandé de tinter quelques coups avant de mettre la cloche en branle.

Le chambellan était, en cinquième lieu, tenu d'assister à toutes les processions. Il devait, sur tout le parcours de la procession, se tenir derrière le doyen du Chapitre et à proximité de lui ou de son remplaçant [1].

ARTICLE DEUXIÈME

Sergents ou Suisses de la Cathédrale.

FONCTIONS. — L'office des sergents ou gardiens du chœur et du cloître de Notre-Dame n'était pas une sinécure.

Les sergents, qui étaient au nombre de deux, avaient chacun un cheval à leur disposition pour les cas où cette monture devait leur être nécessaire.

Le premier Sergent ou Suisse était gardien de la prison de l'Église d'Amiens et devait résider dans la Barge [2]. Le second l'était de la maison du Chapitre où se trouvaient en dépôt les grains ser-

1. ARCH. DE LA SOMME, G. 1145.
2. Lieu où était le cloître dit cloître de la Barge. Il y a encore, à proximité de la cathédrale, la rue du Cloître de la Barge.

vant aux distributions faites en faveur des chanoines, à cause de leur assistance à l'office de
chaque jour. Il devait, une fois nommé à son emploi, élire domicile en ladite maison.

Ces deux employés réunis percevaient les salaires
des prisonniers incarcérés dans les prisons de la
Barge. Ils recevaient aussi les droits de chepage,
c'est-à-dire ceux payés au chepier ou geôlier pour
l'entrée et la sortie des détenus.

En vertu de leur office, les deux sergents étaient
encore tenus de faire, à tour de rôle, la police dans
le chœur de la cathédrale pendant le chant de la
messe et des vêpres. On leur faisait, comme au
chambellan, prêter serment de le bien garder. Ils
devaient prendre place à droite de la grande entrée,
du côté opposé á celui où se plaçait leur confrère,
afin de pouvoir, s'il survenait quelque trouble ou
quelque insolence, aussitôt les réprimer. Ils devaient, comme le chambellan, avoir les yeux
tournés vers le Doyen, afin d'être prêts à exécuter,
au moindre mot, toutes ses volontés.

Ils devaient de même réprimer les insolences et
les maléfices qui se commettaient dans le cloître
de la cathédrale, se saisir des malfaiteurs et les
incarcérer dans les prisons de la Barge, voir ce qui
se passait même au dehors des cloîtres, en éloigner
les joueurs de paume et de tamis qui auraient pu
se rendre coupables d'excès quelconques et y com-
mettre de très grands dégâts. En cas de rébellion
de leur part, la consigne était d'en appeler à l'au-

torité du bailli d'Amiens ou de son lieutenant.

Les sergents devaient encore assister aux processions, accompagner le doyen du Chapitre, aux cérémonies de noces, à celles des funérailles, aux réunions où il était de l'honneur du Chapitre d'être représenté, quand ces réunions avaient lieu dans Amiens. Ils devaient le suivre aussi dans les visites qu'il faisait aux monastères de Saint-Martin-auxjumeaux et de Saint-Acheul, quand il s'y rendait personnellement. On leur faisait encore une obligation d'assister aux plaids de la Barge et d'y exécuter les ordres et mandats du bailli du Chapitre ou de ses lieutenants.

Les deux sergents étaient aussi députés pour porter aux personnes notables se rendant à Amiens, les vins que, pour l'honneur de leur Église, les chanoines d'Amiens leur offraient. Ils devaient rapporter ensuite chez le cellérier du Chapitre les Canes quand elles étaient vides. Ils recevaient ensuite, chacun, deux deniers par Canette, comme prix de leur déplacement [1].

Il était enfin d'usage d'inviter les sergents à servir à table chez le Doyen du Chapitre quand il recevait à dîner les deux chanoines et les quatre vicaires qui l'accompagnaient à l'autel les jours de fêtes solennelles où il disait la messe [2].

COSTUME. — Les deux sergents, comme le chambellan, avaient pour costume de chœur une robe

1. ARCH. DE LA SOMME, G. 1145.
2. *Ibid.*, G. 1072.

longue assez semblable à celles actuelles de certains bedeaux.

Pour avoir négligé de s'en revêtir, Antoine Niberel, l'un des gardiens du chœur, s'attira une admonestation du Chapitre.

Le 23 mars 1705, il lui fut signifié, sous menace de révocation, d'avoir à porter sa robe aux processions, comme il le faisait auparavant, et à assister au chœur, fêtes et dimanches [1].

C'est au xvie siècle, semble-t-il, que les deux sergents commencèrent à porter cette robe. En effet, dans son testament du 18 juillet 1527, le doyen Adrien de Hénencourt lègue au doyenné de la cathédrale quatre muids « de bled franc moulu « et rendu à Amiens qu'il avait droit de prendre « sur le moulin de Fontaine sous Catheux ».

Voici les conditions qu'il y met :

« Huit jours avant la Nativité de Notre-Dame, « on remettra, dit-il, à chacun des sergents qui se « nomment gardiens du chœur, comme au cham- « bellan, la somme de quarante-huit sols. Cette « somme servira à l'acquisition, chaque année, ou « au moins tous les deux ans, d'une robe de la « livrée *telle que j'ai commencé à faire*, pourvu « qu'ils fassent leur devoir de gardes du chœur « comme ils sont tenus et comme ils ont juré de « faire » [2].

Le costume des gardes devait se transformer au

1. ARCH. DE LA SOMME. Notes du chan. VILMAN.
2. ARCH. DE LA SOMME, G. 1072.

xviiie siècle.. Le 24 novembre 1737, le prince Charles de Lorraine, comte d'Armagnac, de Charny, etc., grand écuyer de France, écrivit, de Paris, au doyen, chanoines et chapitre de la cathédrale d'Amiens, pour les autoriser à « faire porter la li- « vrée du Roy aux deux suisses qu'ils ont dessein « d'établir dans leur Église d'Amiens » [1].

DIFFICULTÉS. — Au xviie siècle, l'un des sergents ou gardes de la cathédrale s'était avisé d'innover et de se rendre à l'offrande, à la suite de ceux qui constituaient le haut chœur de l'Église d'Amiens. Ceci ne devait pas s'accomplir sans protestations. En réunion capitulaire du 22 janvier 1698, MM. les chanoines, « eu égard à la requête ver- « bale des officiers et des ouvriers ordinaires de la « Fabrique arrêtèrent que Jovelet, garde de l'église, « (présentement le suisse) n'irait plus à l'offrande « le jour de la Purification » [2].

Une difficulté d'un autre genre se présenta dans les premières années du xviiie siècle. En 1702, le dit Jovelet fut malmené, en remplissant les fonc- tions de sa charge, par quelques particuliers qui, selon la coutume du temps, étaient porteurs de mais ou bâtons fleuris, dans la procession du Saint- Sacrement. Le Chapitre, comme protestation, in- vita, le 16 mai suivant, MM. Langlois et Picquet, solliciteurs, à porter plainte au maire de la ville

1. ARCH. DE LA Somme. Notes du chan. VILMAN.
2. *Ibid.* Notes du chan. VILMAN.

pour le prier de faire cesser pareil scandale [1]. Mêmes désordres sous la Révolution. Au mois d'octobre 1791 « le suisse de la cathédrale est insulté et reçoit des pierres des habitants et des enfants pour la plupart assez mal élevés » [2].

Les suisses, heureusement, avaient parfois connu des jours meilleurs.

Nous avons précédemment parlé du legs fait en leur faveur par Adrien de Hénencourt. Un siècle plus tard, Claude de Saisseval, doyen et chanoine de la cathédrale, fonde le salut de Pâques et laisse deux sols de revenu à chacun des sergents qui auront soin de distribuer des bougies et de mettre des bancs pour les dix « messieurs » qui doivent officier [3].

ARTICLE TROISIÈME

Organistes, clercs et valets de la Cathédrale.

ORGUES ET ORGANISTES. — Il y avait, avant la Révolution, trois orgues à la cathédrale : le grand orgue, le petit orgue et l'orgue portatif.

L'orgue portatif, dont on ignore l'origine, devait se placer, au XVIIIᵉ siècle, aux endroits de l'église où sa présence était rendue nécessaire, quand les offices ne se faisaient pas au chœur [4].

1. ARCH. DE LA SOMME. Notes du chan. VILMAN.
2. Abbé LE SUEUR. *Le Clergé picard de la Révol.*, II, 161.
3. ARCH. DE LA SOMME, Notes du chan. VILMAN.
4. G. DURAND, *Monog. de N. D.*, t. II, p. 498.

Le petit orgue eut comme donateur Pierre Wallet, chapelain distributeur, en 1540. Cet orgue, réputé fort bon, qui fut placé du côté gauche du chevet de la cathédrale, au-dessus de la chapelle de Saint-Quentin, était l'œuvre de Binet Biberel, demeurant à Amiens. Il demanda la somme de 202 livres pour sa confection. L'instrument fut complété par Pierre Pescheur, en 1520 [1].

Le grand orgue demandait déjà des réparations en 1354, si nous nous en rapportons à un compte de marances [2] de cette année-là. Ce devait être un instrument d'assez petites dimensions. Aussi, en 1422, Alphonse Le Mire, receveur des aides, à Amiens, et Massine de Hainaut, sa femme, comprirent-ils le besoin de doter la cathédrale d'un orgue répondant à l'immensité de l'édifice [3].

Ils en firent construire un qui fut un véritable monument et on le plaça au-dessus du grand portail, à l'endroit qu'il occupe encore aujourd'hui.

D'autres donateurs, dont Philippe le Bon, duc de Bourgogne, contribuèrent à sa construction [4]. Il fut terminé en 1429, et, dès cette époque, les dons affluent pour son entretien comme pour le payement de l'organiste.

Ainsi, par testament du 17 mai 1430, Pierre Alays, chanoine de la cathédrale, laisse 40 s. p. de

1. G. Durand, *Monog. de N. D.*, t. II, p. 485.
2. Amendes infligées aux officiers du chœur.
3. Arch. de la Somme, G. 1169.
4. Arch. du Nord, B. 1927, f° 104, 1929, f° 109 v°.

cens, au Hocquet, pour l'entretien des grandes orgues [1].

Le 13 février 1458, douze journaux de prés sont légués aux mêmes intentions par Pierre Caignet, écolâtre d'Amiens [2].

La même année, Jean Charlet, bachelier ès-lois, bailli et doyen du Chapitre, laisse, par testament du 8 novembre, deux journaux de pré « scituez à « Camon, pour l'entretenement des orgues et les « faire sonner aux jours sollempnelz » [3].

L'expression semble répondre ici à la pensée de l'auteur. L'instrument, en effet, devait se faire superbement entendre sous les voûtes de la grande basilique, car il n'avait pas moins de 2500 tuyaux, ce qui ne devait pas être bien ordinaire à cette époque [4].

Au cours des âges, le grand orgue subit différentes transformations dont nous n'avons pas à parler, mais qui se trouvent relatées dans l'incomparable ouvrage de M. G. Durand, archiviste de la Somme, sur la cathédrale [5]. Il fut même presque entièrement reconstitué, en 1623, mais, dès avant cette époque, le traitement de l'organiste était assuré.

Nous le voyons être de 250 livres en 1671. Presque un siècle plus tard, il n'a pas varié, aussi le titu-

1. ARCH. DE LA SOMME, G. 1144.
2. *Ibid*, G. 1067.
3. *Ibid*, G. 1067.
4. ARCH. DU NORD, B. 1927, fo 104.
5. G. DURAND, *Monog. de N.-D.*, t. II; pp. 505-6-7.

laire; Pierre Bondu, organiste depuis 27 ans, se plaint-il, en 1740, de la modicité de ses appointements [1]. Heureusement que le casuel venait y ajouter un peu. Nous pouvons en juger d'après la fondation du salut du jour de Pâques, par Claude de Saisseval, en 1626. Il attribue 6 sols à l'organiste et 6 sols aux souffleurs. Plus d'un testament fût évidemment fait dans le même sens.

ORGANISTES.

Pierre Boulet, chanoine de Vendôme (1422).
Jacques Le Prévost (1449-1455).
Adrien de la Mothe (1620).
Anthoine Chapelain (1620-1623) [2].
Louis de Burcourt (1662-1671).
Pierre Le Vasseur (1671-1676).
Firmin Pellé (1676-1689) [3].
Pierre Bondu (1713-1740).
Bourgeois (1744-1745).
Louis Gaultier (1762-1791).
Louis-Hippolyte Cornette (1791-1832) [4].

CLERCS. — Les clercs de la cathédrale étaient de grands jeunes gens qui remplissaient le rôle de nos

1. Notes du chan. VILMAN.

2. Il inaugure les nouvelles orgues, le 23 juin 1623.

3. Bail par Firmin Pellé, organiste de la cathédrale, d'une maison à Amiens, rue Beauregard. ARCH. DE LA SOMME, E. 831, année 1685.

4. Il sauva les orgues de la destruction, sous la Révolution. Il prit pour prétexte de sa réclamation en leur faveur qu'elles devaient servir aux fêtes républicaines. (G. DURAND, Monog. de N.-D., p. 509 du T. II).

sacristains et de nos enfants de chœur actuels. Nous les voyons rarement oubliés, dans les dispositions testamentaires où il est parlé des autres employés d'église. Le 18 juillet 1527, Adrien de Hénencourt laisse par testament aux chapelains et clercs de *Notre-Dame du Jour* quatre sols, à condition par eux de dire chaque jour, après la *messe du jour*, un *De profundis* devant la sépulture de feu M. d'Amyens, son oncle et devant la sienne [1]. L'année 1730, ses exécuteurs testamentaires remettent la somme de 10 sols au grand enfant de chœur, clerc de la chapelle de Prime [2].

En 1539, Jean Lenglacié, chanoine de la cathédrale d'Amiens, lègue par testament 4 sols au clerc de la cathédrale [3].

En 1544, Pierre Wallet, chapelain distributeur, laisse 5 sols au clerc de la cathédrale etc [4].

VALETS. — Ce devaient être des employés subalternes chargés surtout des grosses besognes et spécialement des soins de propreté, dans l'église Notre-Dame.

Leur existence, comme celle des clercs, nous est révélée par des dispositions testamentaires.

Ainsi voyons-nous Adrien de Hénencourt, laisser « six sols au Varlet de la fabrique, pour nettoyer « trois fois l'an, les histoires de saint Firmin et de

1. ARCH. DE LA SOMME, G. 1072.
2. *Ibid*, G. 1073.
3. ARCH. DE LA SOMME, G. 1074.
4. *Ibid*, G. 1075.

« l'Invention (de ses reliques) et les deux sépul-
« tures (de son oncle et de lui) c'est assavoir pas-
« ques, saint Jean et saint Firmin, martyr, en sep-
« tembre » [1].

De même, ses exécuteurs testamentaires remettent 12 sols à « Pierre Lestocq, varlet de la fabrique
de l'église pour droits de draps mis sur la tombe
et sépulture du défunt, après qu'il fut inhumé » [2].

Aux droits perçus par les employés de la cathédrale dans les circonstances jusqu'à présent énumérées, s'ajoutaient ceux se rapportant à la réception des chanoines.

Dès 1295, dans le chapitre général du 26 septembre, il fut décidé que tout nouveau prébendé
payerait à l'église Notre-Dame, dans la première
année de sa réception, la somme de dix livres. Dans
la pensée des capitulants, cette somme devait servir
à l'acquisition d'une chape en soie, *unam capam
sericam*, pour les usages de la cathédrale [3].

Au siècle suivant, le 27 septembre 1370, un nouveau statut précisa les conditions de la susdite libéralité. Il s'opposa à la prise de possession d'une
prébende, par tout chanoine, si ce dernier n'avait
auparavant payé son droit de chape.

Cette décision fut confirmée le 23 juillet 1408 [4].

Entre ces époques et le XVIIe siècle, la prise de

1. ARCH. DE LA SOMME, G. 1072.
2. *Ibid*, G. 1073.
3. *Recueil de décis. capit.* Ms. pp. 112, 113, 114. — P. DAIRE.
Hist. d'Amiens, T. II, p. 157. — Notes du chan. VILMAN.
4. ARCH. DE LA SOMME, G. 1148.

possession par les chanoines de leur canonicat fut
accompagnée de réjouissances qui firent porter le
droit de chape de 10 à 60 livres et devinrent l'occasion d'assez regrettables abus.

Il en arriva que, le 28 juillet 1621, sur la remon-
trance du commissaire du chapitre que « chacun
« chanoine lors de sa réception consignait 60 livres
« sur le bureau pour les droits de sa réception, de
« quoy il revenait fort peu de chose au proffict de
« l'église et qu'après la dite réception, on le char-
« geoit en certains jours de feste de faire plusieurs
« bancquets et festins aux chantres, vicaires,
« enffans de chœur et aultres officiers des doiens et
« chappitte où se consommait beaucoup de deniers
« inutilement et d'où provenaient souvent plusieurs
« inconvénients, désordres, scandal, plainctes et
« dissention entre les dits chantres et officiers », il
en arriva, dis-je, que fut décidée la suppression de
ces banquets. En revanche on déclare que « les sus-
« dites 60 livres seront dorénavant modérées à la
« somme de 14 livres pour être distribuées à
« scavoir » : dit le commissaire du chapitre, « à
« celluy de nous qui présidera au dit chapitre le
« jour de la réception, pour le droit de serment qu'il
« reçoit du pourvu de la prébende, tant en nostre
« chappite que au chœur, 10 sols. A celluy qu'y
« l'installera et mettra en possession, 5 sols. Au
« notaire du chapitre 45 sols. Au chambellan, à la
« charge de fournir 2 pains et un demi lot de vin,
« 42 sols. Au distributeur, 5 sols. A chacun des

« grands et petits vicaires, chacun 5 sols. Aux 10
« enfants de chœur, chacun 2 sols. Au maistre des
« dits enfants, 20 sols. A la papauté, 5 sols. Au
« serviteur de la fabrique, 2 sols ». Il fut en outre
« réglé, dit le texte, « quant aux dits festins et ban-
« quets qu'ils sont totalement retranchez et def-
« fendus comme chose peu servant à l'ordre et qua-
« lité ecclésiastique, et au lieu du surplus des
« 60 livres, montant à 46, et des grandes dépenses
« qui se font en dictes festes, festins, bancquets,
« avons statué que dorénavant chacun chanoine
« lors de sa réception, oultre la dicte somme de
« 14 livres, baillera et fournira une chape de
« six vingt livres » [1].

En 1667, ce droit fut augmenté et porté à 40
écus qui tenaient lieu des 10 livres de 1295 quoique
l'argent ait considérablement perdu de sa valeur [2].

Au xviii° siècle, lorsqu'un chanoine se présentait
au chapitre en long manteau, pour être mis en possession d'un canonicat, après avoir présenté ses
lettres de provision, d'ordres et son extrait de
baptême, il mettait sur le bureau la somme de
135 livres. Sur cette somme, 120 étaient versées
pour droit de chape et 15 l'étaient au profit des
marances et des employés du chœur. On donnait
ainsi : Au doyen ou représentant du chapitre,
5 sols. Au maître de musique, 20 sols. Aux vicaires
du chapitre, chacun 5 sols. Aux petits vicaires ou

1. Arch. de la Somme, G. 1148.
2. Notes du chan. Vilman.

enfants de chœur, chacun 2 sols 6 deniers. Au secrétaire du chapitre, trois livres 10 sols. Au chambellan, pour pain et vin, 3 livres.

Outre ces sommes, il était dû au secrétaire du chapitre, pour expédition de l'acte de prise de possession, 100 sols. Au chambellan, pour assistance, 30 sols. Aux deux sergents du chapitre, chacun 20 sols. Au garde de la porte du chœur, 30 sols. Au garde de l'église ou suisse, 20 sols. Au confesseur du chapitre, 3 livres. Au sacristain, 1 livre 10 sols.

Lorsqu'un chanoine prenait possession d'une seconde prébende, en vertu de nouvelles provisions, il devait les mêmes droits que la première fois, aux employés d'église. Il donnait de nouveau 135 livres.

S'il prenait possession d'une prébende dont un autre avant lui avait été pourvu, sans avoir pris possession en chapitre, il payait un droit et demi, c'est-à-dire 135 livres d'une part et 67 livres 10 sols d'autre part.

Le chanoine pourvu de la prébende sacerdotale du côté gauche du chœur payait 135 livres, lors de la prise de possession de cette prébende. Ceux pourvus de la prébende du côté droit, de la prébende subdiaconale, payaient chacun 67 livres 10 sols. Ainsi ces droits, comme tant d'autres, en s'ajoutant au fixe des employés du chœur et des officiers de la cathédrale, contribuaient-ils à rendre meilleure leur situation.

CHAPITRE V

Clochers et Cloches de la Cathédrale

ARTICLE PREMIER

Petit clocher ou clocher doré.

Très anciennement, c'est-à-dire presque dès la construction de la cathédrale, on trouve trois clochers à ce monument.

Il y eut celui de la partie inférieure de la flèche, nommé *petit clocher* ou *clocher doré* à cause des ors qui entrèrent, à un moment donné, dans sa décoration. Il y eut celui de la tour du sud donnant sur les cloîtres. On l'appelait *clocher de none* parce qu'on y trouvait la cloche servant à sonner cet office. Il y eut enfin celui de la tour du nord, nommé *le gros clocher* en raison des proportions de cette tour.

Dans le petit clocher, se trouvaient primitivement six cloches qui furent anéanties dans un incendie de 1361.

8

L'une d'elles avait été donnée par le chanoine
Guillaume des Fossés dit le Breton, en 1324. On la
nommait, pour cette raison, la cloche du Breton.
Par décision capitulaire du 24 septembre de la même
année, elle prit aussi le nom de cloche de l'Extrême-
Onction. C'était elle qu'on sonnait lors de l'administration, dans la ville, de ce sacrement[1].

Les six cloches primitives furent remplacées par
six autres qui eurent le même sort que leurs devan-
cières, lors de l'incendie de la flèche par la foudre,
en 1528.

L'année même de cet incendie, le chanoine
Charles de la Tour, pénitencier, vient en aide au
Chapitre et en remplace une du poids de 91 livres
qu'il nomme *Charlotte*. Une pesant 229 livres fut
nommée *Honeste*. Une troisième du poids de 328
livres fut nommée *Marie* à cause du chanoine Christophe de Lameth qui donna 10 livres à cette condition. Une quatrième pesant 449 livres, fut nommée
Jeanne à cause du chancelier du chapitre, Jean de
Halluin, qui donna 20 livres. La cinquième pesait
480 livres. On la nomma *Adrienne* parce que le
doyen du chapitre Adrien de Hénencourt donna,

<hr/>

1. ARCH. DE LA SOMME, G. 711. — G. 674. — *Bibl. d'Amiens*,
ms. 517, p. 225. — G. DURAND, *Monog. de N.-D.*, T. II, p. 512.
C'est, croyons-nous, à tort que l'on place dans le petit clocher la
cloche donnée par Jean Avantage, évêque d'Amiens, à l'Université des chapelains, en 1452. Cette cloche fut mise « *in parvo
campanili*, dans un petit campanile » spécial édifié sur la galerie
dans laquelle on va à l'entour de la cathédrale, du côté qui re-
garde la grande rue Saint-Denis (*Supplém. aux ms. de Pagès*,
édit. DOUCHET, pp. 154-158).

sur le prix de son acquisition, 10 livres. Enfin la sixième offerte quelque temps après, par le Chapitre, s'appela *Charité*. On suppose que le travail exécuté en la circonstance par Guillaume Cachet ne donna pas satisfaction, car grâce aux libéralités de Pierre Wallet, chapelain distributeur, le Chapitre fit refondre six nouvelles cloches, pour le petit clocher, par Guillaume Brocart, en janvier 1531 (v. s.).

A cause des générosités de Pierre Wallet, on fit inscrire dans l'épitaphe de sa tombe :

> De six cloches aussi que l'on y sonne
> Par chacun jour, il les fit réparer.

Les six cloches en question pesaient ensemble 2426 livres. Elles furent livrées au prix de 16 livres le cent. Sur ce prix, le fondeur avait à tenir compte au Chapitre des 2468 livres que pesaient les anciennes cloches, dont il reprit le métal à raison de 13 livres le cent [1].

Au xviiie siècle, trois seulement des six cloches faites pour le petit clocher en 1528 et refondues en 1531 s'y trouvaient encore : *Charité*, *Honeste* et *Marie*. Les trois autres : *Adrienne*, *Charlotte* et *Jeanne* avaient été transportées dans la *tour de none* et remplacées par trois cloches dont l'une était plus ancienne et les deux autres plus modernes [2]. Toutes étaient « belles et harmonieuses et elles avaient des « noms particuliers outre celui de leur baptême » [3].

1. G. Durand, *Monog. de N.-D.*, t. II, p. 596.
2. G. Durand, *Monog. de N.-D.*, t. II, pp. 596, etc.
3. Notes attribuées au chanoine Vieman.

Ainsi l'on y trouvait : en bas, 1° la cloche *Cha-ritas* dont on avait fait la cloche de l'*Extrême-Onc-tion*, en 1531. On l'appelait aussi Jésus-Maria [1] ; 2° celle de la *messe de onze heures*, *Honorata*, de l'année 1531. Ce devait être celle qu'on appelait le *Guidon* parce qu'elle servait de guide pour la son-nerie des bourdons. C'est sans doute aussi celle qui fut appelée *Honeste*, en 1531. On lui avait aussi donné le nom de *cloche du Breton*, parce que, pro-bablement, elle remplaçait cette dernière [2].

En haut se trouvait la plus petite. Cette cloche avait été refondue des deniers du Chapitre, en 1672.

Dans l'intervalle compris entre celle du haut et les deux du bas, il y avait : 1° la deuxième sur la-quelle on lisait : *A fulgure et tempestate, faventibus sanctis Domitio et Ulphia hanc ecclesiam libera Domine. Seigneur, par l'intercession de saint Do-mice et de sainte Ulphe préservez cette église des ravages de la foudre et de la tempête ;* 2° la troisième qui portait cette inscription : « *Jean Vindevert me fit au mois de may MV et III* » ; 3° la plus grosse enfin portait l'inscription de 1531 [3].

Ces différentes cloches se nommaient cloches d'en-bas parce que les cordes destinées à les mettre en branle tombaient au bas du chœur, au milieu de la croisée du transept.

---

1. DAIRE, *Hist. de la ville d'Amiens*, t. III, p. 104. — *Bibl. d'Amiens*, ms. 563, f° 403.
2. DAIRE, *Hist. de la ville d'Amiens*, t. II, p. 104.
3. G. DURAND, *Monog. de N.-D.*, t. II, pp. 596 et suiv.

ARTICLE DEUXIÈME

Clocher de none ou de la tour du sud.

Dans le clocher de none, il y avait déjà huit cloches avant l'année 1243. Nous trouvons ce détail dans une charte de l'évêque Arnould donnée dans le chapitre général qui suivit, cette année-là, la fête de sainte Marie-Madeleine. D'après les termes de ce document, on voit qu'il donne à MM. les chanoines le droit de faire sonner les deux plus petites cloches sans arrêt, à partir du moment de la sonnerie pour l'appel de la procession le jour où elle doit avoir lieu — jusqu'à celui de la grande sonnerie accompagnant la rentrée au chœur du cortège processionnel.

Il permet en même temps, qu'aux fêtes du rite double, sans *Cum eo* [1], les sonneries qui, jusqu'à ce jour étaient faites avec les six plus petites cloches, le soient désormais avec les huit de la tour donnant sur les cloîtres, à savoir par *Gentienne* et *Benotte* ajoutées aux six autres.

Enfin, il permet, aux grands doubles, avec *Cum eo*, d'ajouter encore à la sonnerie de ces huit cloches, celle des deux plus puissantes, sauf à sonner seulement avec huit cloches la fin de la messe [2].

D'après le *Liber Ordinarius* gardé à la Biblio-

1. Il doit s'agir ici de quelque antienne ou répons chantés ou non chantés, le jour des processions.

2. *Cartul. du Chap. édité par la Soc. des antiq*, 2ᵉ fasc. p. 373.

thèque communale d'Amiens, lequel s'étend longue-
ment sur la sonnerie des cloches de la cathédrale,
il semble que, dans le clocher de none, il y ait eu
neuf cloches en 1291.

Dans un endroit du règlement, il est dit de mettre
les neuf cloches en branle, mais sans sonner les
deux bourdons [1].

Outre *Gentienne* et *Benoîte*, il y avait, à cette
époque, parmi les cloches du clocher Sud, *Firmine*
et une autre dite « *rector none* », la cloche dite
ensuite de *none* très probablement.

Si nous nous en rapportons aux notes attribuées
au chanoine Vilman, il y avait au xviiie siècle, dans
le clocher de none « six cloches parfaitement har-
« monisées que l'on mettait en branle ». Il s'en
« trouvait en outre « deux autres que l'on ne
« sonnait pas, mais qui servaient seulement pour
« l'accord du carillon ».

Ceci s'explique par ce détail qu'aux principales
fêtes de l'année, on carillonnait, à la cathédrale,
comme dans nos paroisses, des cantiques et des
chants d'église. Il y avait, pour y aider, une machine
à carillonner [2].

Outre les deux cloches complétant le carillon, on
trouvait, dans la tour de none, les deux plus petites
cloches, *Domice* et *Ulphe*, fondues en 1697 [3] ;
Adrienne, du nom du donateur, *Charlotte*, du nom

---

1. *Biblioth. d'Am.* Ms. 184.
2. *Arch. de la Ville d'Amiens*, (AA. 126.)
3. *Biblioth. d'Am.* Ms. 836. MACHART, t. VIII, 364.

d'un pénitencier ; *Jeanne*, du nom d'un chancelier.
Ces trois cloches venaient du petit clocher. Il y
avait encore la *cloche de midi* portant cette inscription : *Jean de Vauvert me fit en mars 1503*.
On trouvait enfin la plus grosse des huit, nommée
la *Mère-Dieu*, qui avait été refondue vers la fin du
xve siècle, lorsque Monseigneur Geoffroi de la
Marthonie était évêque d'Amiens [1].

Deux autres de ces cloches avaient été refondues :
la première le 27 janvier 1665 ; la seconde le premier octobre suivant, par Pierre Chapperon, maître
fondeur à Amiens, pour faire servir à l'une le *la*
et à l'autre le *sol* et les rendre concordantes avec
les autres [2].

Le règlement de la sonnerie des cloches des
environs de 1700 auquel nous empruntons ici plus
d'un détail, mentionne, tant dans le petit clocher
que dans la tour de none : la *cloche à gens d'armes*
(de l'appel aux armes très probablement), deux
cloches de midi, celle *du chapitre*, la troisième du
bas que l'on nommait *Laurente* (?) et *la Sourde*.
Cette dernière avait été taillée dans un énorme bloc
d'orme et elle servait journellement, nous le verrons
plus tard, pour annoncer le premier et quelquefois
le dernier coup des différents offices. Un titre de
1748 cite aussi *l'endormie*, qui n'est peut-être que
cette dernière, et *la cloche du jeûne* [3].

1. G. Durand, *Monog. de N.-D.*, t. II, p. 598.
2. Archiv. de la Somme, G. 1149.
3. Arch. de la Somme, *Chapit. d'Amiens*, Arm. I. 1. 6, n° 31.

ARTICLE TROISIÈME

Gros clocher ou tour du nord.

Dans le gros clocher furent placées les deux grosses cloches qui prirent au cours des siècles le nom de bourdons. On les y trouve, avons-nous dit, expressément désignées dans une charte de l'évêque Arnould, en l'année 1243.

Des dispositions prises par le Chapitre, sur la façon dont les Chapelains de la cathédrale devaient s'acquitter de leurs fonctions, en 1265, confirment ce détail [1].

Dans ces dispositions, qui sont du 20 mars de la dite année, il est ordonné de sonner solennellement l'anniversaire des évêques, des fondateurs de l'église Notre-Dame, de ceux qui ont fait, pour sa construction, don d'une somme non inférieure à dix livres, de ceux aussi en faveur desquels le marty- rologe réclame une sonnerie solennelle, pourvu que le nombre de ces anniversaires n'excède pas celui de 22 chaque année. Suit le règlement de la sonnerie où il est dit que, la veille au soir, on mettra en branle les *deux grosses cloches* deux fois successivement de la même façon, pour les lancer à toute volée la troisième fois afin de leur faire sonner le glas. On devait en faire autant à matines et à la messe. Le doyen du Chapitre devait se charger de donner aux sonneurs 12 deniers pour

1. *Cart. du Chap. de la Soc. des antiq.* 2ᵉ fasc. p. 373.

cette solennelle sonnerie. L'évêque Bernard d'Abbeville s'engageait à payer le reste, sa vie durant,
sans engager, à ce sujet, son successeur. Donc,
nous trouvons les deux bourdons en la tour du
Nord dès le treizième siècle [1].

Plus de données au sujet des bourdons avant
l'année 1668 où l'un d'eux fut cassé. Le Chapitre
traita avec Pierre Chapperon pour sa refonte. Il
devait l'accorder avec l'autre grosse cloche, en
plein ton, mais d'un ton plus bas [2].

Deux ans après, cette grosse cloche était encore
brisée. « Elle fut mise à bas pour être refondue
« avec beaucoup d'adresse par le même Pierre
« Chapperon moyennant la somme de mille et
« cinquante livres » payables par le Chapitre. On
devait employer l'ancien métal, plus celui d'une
cloche cassée d'environ 1500 livres que l'on devait
acheter à l'église de Domart.

La refonte se fit dans la cour de l'évêché, le 2
septembre 1671 [3].

« Sa grande pezance de quinze à seize mille »,
dit l'auteur des notes attribuées au chanoine Vilman, « fit grand dommage au pavé de la nef pour
« la mener au portail de l'horloge ou elle fut cassée,
« mais la refonte n'en fut pas heureuse parce
« qu'elle prit un mauvais son » [4].

1, *Cart. du Chap. de la Soc. des antiq.* 2ᵉ fasc. p. 457.
2. ARCH. DE LA SOMME, G. 1146.
3. *Ibid*, G. 1146.
4. *Biblioth. d'Amiens*, Ms. 517, p. 225.

Cinq ans plus tard, en 1676, on dut la faire remettre d'aplomb pour arriver à la sonner.

A cette époque, la plus grosse cloche s'appelait *Firmine* et la plus petite *Marie*.

Le gros bourdon fut de nouveau cassé le 11 décembre 1735. Les deux furent refondues le 5 juin 1736 par Philippe Cavillier, de Carrépuits et bénites par Monseigneur de la Motte. Elles sonnèrent pour la première fois le jour de l'Assomption.

C'est alors que la plus grosse fut appelée *Marie* et la plus petite *Firmine*. Il en coûta 2900 livres non compris le métal fourni par le Chapitre.

Le plus gros bourdon fondu en 1736 existe encore. L'autre, *Firmine*, fut refondu en 1816, en 1833 et en 1903.

Le petit bourdon fondu en 1903 pèse 3600 kilos et mesure 1 m. 745 de diamètre. Le gros, qui date de 1736, pèse 4500 kilos et mesure 1 m.92 [1].

1. G. DURAND, *Monog. de N.-D.*, t. II, pp. 596 etc.

CHAPITRE VI

Sonneurs et Sonnerie de la Cathédrale

ARTICLE PREMIER

Sonneurs.

Du nombre des sonneurs. — Leurs attributions. — Leurs rétributions.

Il y avait, avons-nous vu, dix-sept cloches à la cathédrale. Il y avait également, au service de la sonnerie, dix-sept sonneurs. En tête de ceux-ci étaient les officiers de la Trésorerie.

Le troisième de ces officiers avait le titre de premier sonneur d'en-bas. Il lui appartenait de donner le signal des matines tous les jours, si nous en exceptons ceux des fêtes solennelles de 1re et de 2e classe.

Le quatrième officier de la Trésorerie devait, avec le précédent, sonner en bas, lorsqu'on le faisait à deux cloches, comme lors des fêtes de rite double.

C'est en raison de cet office et pour ne se trouver pas en retard qu'ils couchaient dans la cathédrale. Ils y restaient aussi, la nuit, comme gardiens des trésors renfermés dans le monument.

Outre ces quatre sonneurs pris parmi les chapelains élevés à la prêtrise, il y avait encore un cinquième sonneur d'en-haut, c'est-à-dire de la tour de none.

Ce dernier était ordinairement un laïque ou un aspirant à l'état ecclésiastique qui remplaçait le sonneur d'en-bas quand celui-ci venait à faire défaut. Il servait ordinairement d'aide aux officiers de la Trésorerie, décorait avec eux les autels, disposait et rangeait les ornements, leur venait, en un mot, en aide en toute occasion.

Il y avait enfin douze autres sonneurs chargés d'annoncer les grands doubles de première et de seconde classe.

Ces derniers étaient des laïques à la nomination de l'Evêque d'Amiens, ou à son défaut, de son grand vicaire et de son sous-trésorier. Ils étaient exempts de la garde de la ville et du logement des gens de guerre. Ils eurent comme solde, jusqu'au xvii° siècle, six ou sept sols chacun des jours où ils furent employés à la sonnerie des offices. Il n'y avait exception que pour les *buqueurs*. On appelait ainsi, du vieux mot français *buquer*, qui veut dire battre très fort, frapper comme avec une bûche, les deux son-

neurs chargés de frapper sur les bourdons quand
on ne les mettait pas à volée. Les buqueurs, eux,
ne venaient à la cathédrale qu'à des jours déter-
minés. Ils y venaient seulement le jour où l'on sonnait en même temps les deux bourdons. Dans ce
cas, ils recevaient aussi la solde des dix autres
sonneurs.

A partir de l'année 1712, l'Evêque se vit obligé
par les circonstances, d'augmenter les émoluments
des sonneurs. Il accorda à chacun des douze sonneurs laïques douze sols en chaque fête de première
ou de seconde classe. Il donna également douze
sols aux buqueurs, qui auparavant ne touchaient rien
en la circonstance. En revanche, on les obligea à
prendre part à certaines sonneries dont ils étaient
auparavant dispensés. Jusque-là, ils venaient seulement au clocher le jour où il fallait sonner à toute
volée les deux bourdons [1].

ARTICLE DEUXIÈME

*Règlement général de la sonnerie pour Vêpres
et Matines.*

Une ancienne inscription trouvée sur une cloche
rappelle les attributs multiples de l'airain sacré,

1. ARCH. DE LA SOMME. Règlement de la sonnerie dans les notes
attribuées au chanoine VILMAN.

en même temps que les usages et les croyances de notre foi.

Laudo Deum verum, plebem voco, congrego clerum,
Defunctos ploro, fugo fulmina, festa decoro.
Je loue le vrai Dieu, j'appelle le peuple, je rassemble le
[clergé,
Je pleure les morts, je chasse la foudre, j'orne les fêtes.

Ceci fut surtout vrai dans une belle et grande église comme la cathédrale. On en verra la stricte réalisation dans cet article comme dans les suivants.

D'abord on peut dire d'une façon générale et pour éviter de revenir toujours sur les mêmes questions, que les matines comme les vêpres étaient annoncées au son des cloches et à plusieurs reprises, une heure durant, avant de les commencer.

Quant à l'application de cette règle aux cas particuliers se présentant, voici ce qu'on remarque :

1. — Aux grands doubles de 1re classe, on commençait le chant des matines à 4 heures du matin.

2. — Aux fêtes de seconde classe et tous les autres jours, depuis l'octave de Pâques jusqu'à la Saint-Remi, premier jour du mois d'octobre, on commençait matines à 5 heures 1/2.

3. — A partir de la Saint-Remi « les jours ouvrables » jusqu'à Pâques, on commençait seulement matines à six heures.

4. — Quand, dans cette période de temps, il y avait prédication, comme en Avent et dans le Carême, le chant des matines commençait à 5 h. 1/2,

car les sermons avaient lieu avant la messe du
Chapitre, dès 6 h. ou 6 h. 1/2 du matin [1].

5. — Tous les dimanches de l'année, matines
à 5 h., hormis le dimanche de la Quinquagésime.
Ce jour-là, on chantait matines à 6 h. parce qu'il
n'y avait pas de prédication.

6. — Le vêpres s'annonçaient de la même façon
que les matines. Ceci revient à dire qu'on commençait à sonner à 1 h. parce qu'elles commençaient à 2 heures [2].

ARTICLE TROISIÈME

Sonnerie particulière aux fêtes de première classe.

Ces fêtes étaient les suivantes :
L'Invention du corps de Saint Firmin.
Pâques.
L'Ascension.
La Pentecôte.
Saint Honoré.
La Fête-Dieu.
La Nativité de saint Jean-Baptiste.
La Dédicace de la cathédrale.
L'Assomption de la Très Sainte Vierge.
La Nativité de Notre-Dame.
Saint Firmin-le-Confesseur.
La Décollation de Saint Firmin.

1. *Actes de l'Eglise d'Amiens*, t. I, p. 338.
2. Règlement de la sonnerie ; notes du chanoine VILMAN.

La Toussaint.

La Conception de la Vierge.

Saints Fuscien, Victoric et Gentien.

Noël.

La veille de la fête, dès midi, on annonçait la solennité du lendemain par l'*Angelus* sonné avec *Mère-Dieu* que l'on mettait en carillon pendant l'espace de 6 à 7 minutes [1]. A 1 heure, carillon de l'hymne du lendemain ou de tout autre chant d'église, à trois diverses fois. Entre deux carillons, on « buquait » les deux bourdons. Un peu avant la demie, nouvelle volée de carillon avec la *Mère-Dieu*, puis sonnerie des deux bourdons suivie d'une légère pause. La pause terminée, sonnerie d'en bas avec les trois petites cloches, jusqu'aux 3/4 de 1 heure, pour le premier coup des vêpres. A 1 heure 3/4, chant de none. Pendant ce chant, le sonneur d'en haut mettait à la volée la seconde cloche pendant le fonctionnement du carillon, puis sonnait successivement les deux cloches suivantes. Au coup de 2 heures, les sonneurs d'en bas sonnaient à grande volée les quatre premières cloches ; en haut, on carillonnait la *Mère-Dieu* et l'on mettait en branle la moyenne du gros clocher, *Marie*, tandis qu'on bourdonnait *Firmine*. On en agissait ainsi jusqu'à l'entrée de l'Evêque ou, en son absence, du Doyen du Chapitre dans la cathédrale.

1. Il s'agit ici d'une manière spéciale de sonner les cloches. Elle consiste en un battement mesuré et cadencé, exécuté sur une seule cloche.

A l'hymne des vêpres, on tintait la plus grosse cloche à trois diverses fois pour annoncer le chant des Complies.

Après *Magnificat,* on mettait la moyenne en branle et on buquait le gros bourdon.

Au coucher du soleil, on sonnait, pour l'*Angelus,* trois coups de la grosse par trois diverses fois. Ceci fait, les sonneurs mettaient les deux bourdons en branle.

Le soir, à 8 heures, on sonnait quatre volées successives, d'abord avec la Sourde, puis avec la cloche à gens d'armes, puis, avec celle de midi, puis enfin avec la *Mère-Dieu.*

Le jour de la fête, dès 3 heures du matin, le sonneur d'en haut commence à carillonner trois volées comme il le fit la veille, pour les premières vêpres, ce jusque 4 heures. A 4 heures, dernier coup des matines de la même façon que pour les premières vêpres. La sonnerie terminée, le sonneur d'en haut annonce l'*Ave Maria* (Angelus) avec la *Mère-Dieu* qu'il met un moment à volée. Alors, chant des Matines. Un peu avant le *Te Deum,* tintement de la grosse cloche pour appeler de nouveau les sonneurs. Pendant le chant du *Te Deum,* la moyenne est mise en branle et la grosse « buquée ». A ces paroles *Te ergo quæsumus tuis famulis subveni,* les petites cloches d'en bas sont mises à la volée jusqu'à la fin du *Te Deum.*

A 7 h. 1/2, on sonne prime en buquant les deux bourdons par trois reprises différentes. S'il y a procession générale ou cérémonie de l'eau bénite, on le fait à 7 h. Avant de commencer prime, on met les deux bourdons en branle. Lorsque l'on dit, à prime, *Regi sæculorum immortali*, on sonne pendant un certain temps les quatre petites cloches d'en bas pour la procession ; puis on sonne la moyenne grosse en branle et on bourdonne la plus grosse.

Pour attendre le moment de la procession, on carillonne des hymnes du jour et autres. Si c'est une procession générale, on sonne toutes les cloches d'en bas par deux fois et la sortie se sonne avec *Mère - Dieu*, en carillon. On met de même en carillon toutes les petites cloches à la rentrée de la procession.

Quand la procession ne se fait pas dans les cloîtres, mais à l'extérieur, on carillonne la cloche des gens d'armes jusqu'à ce qu'elle soit rentrée dans l'église. A sa rentrée, la procession fait une pause dans la nef, pendant qu'on chante le répons. Alors, on sonne la rentrée, en bas, avec les petites cloches et en haut avec la moyenne grosse que l'on bourdonne un moment. On commence ensuite tierce, et la messe se dit à la suite de tierce.

Pendant la messe, au *Kyrie*, on tinte *Firmine*, la plus grosse, à trois reprises, jusqu'à l'épître. A partir du chant de la prose jusqu'à celui de l'évangile, on met la moyenne grosse en branle pendant que l'on tinte l'autre bourdon. Quand on commence le *Pater*, on sonne la prière du Roi, comme tous les autres jours, sans dire *Domine salvum fac regem*. Sur la fin de la messe, on sonne les deux petites cloches d'en bas, pour annoncer le chant de sexte.

A midi, on sonne l'*Ave Maria* avec *Mère-Dieu*, sans carillon. S'il doit y avoir, ce jour-là, prédication extraordinaire, on tinte la grosse pour l'annoncer aux fidèles et ensuite on met la moyenne en branle. Si c'est l'Evêque qui doit prêcher, le public l'apprend, car c'est la plus grosse que l'on met en branle. Le sermon terminé, on commence à sonner les trois petites en bas. A une heure, quand on ne prêche pas, on sonne à 3 cloches en haut. Savoir : avec les trois moyennes jusqu'au quart environ et avec les trois autres jusqu'à la demie. Puis, l'on sonne en bas les 3 petites jusqu'aux trois quarts de une heure. A 1 h. 3/4 on sonne de nouveau, en haut, les trois moyennes et en diminuant par 3 à 3 coups et à 3 cloches jusqu'au dernier coup. A 2 h. on sonne en bas 4 cloches et les 6 du haut avec celles du gros clocher. Pendant le chant des secondes vêpres et des complies, tout se passe comme aux premières vêpres.

L'Angelus du soir se sonne avec le gros bourdon mis en branle.

Toutes ces sonneries devaient être réglées par le laïque ou par l'étudiant ecclésiastique, premier sonneur du haut. Si ce dernier n'y perdait pas son latin, c'est qu'il en avait oublié déjà les premières notions.

ARTICLE QUATRIÈME

Sonnerie particulière aux fêtes de seconde classe.

Ces fêtes étaient :
La Circoncision.
L'Epiphanie.
La Purification.
L'Annonciation.
La Décollation de saint Jean-Baptiste.
La Trinité.
La Saint-Pierre.
La Madeleine.

Supposons-nous la veille d'une fête de seconde classe, voici comment va s'exécuter la sonnerie de cette fête.

Dès midi, on sonne l'Angelus avec *Mère-Dieu*, pendant l'espace d'un quart d'heure.

A une heure, on tinte les trois premières cloches du clocher de None. On fait une pause et on buque les deux grosses du gros clocher.

On tinte encore les trois dites cloches. Après une pause, on buque de nouveau et on tinte aussi de nouveau les trois autres presque jusqu'à la demie. On met alors en branle les trois plus grosses du clocher de None jusqu'à la demie et pour lors, on sonne à volée *Marie*, moyenne du gros clocher, en tintant *Firmine*, la grosse [1].

---

1. Le règlement fait remarquer qu'autrefois, le sonneur d'en haut, « bien entendu » à la sonnerie, faisait mettre la plus grosse

A l'hymne, on sonne complies en tintant, comme aux fêtes de première classe, et, à l'oraison, après *Magnificat* on met la moyenne en branle et l'on tinte la grosse.

L'*Ave Maria* du soir s'annonce avec la plus grosse seule que l'on met à volée.

Le premier coup de matines se sonne depuis 3 h. 3/4 jusque 4 h. avec *Marie*, la moyenne, en tintant la grosse. A 4 h., on sonne en bas les deux plus petites jusqu'au quart ; on fait une pause d'un quart d'heure environ, après quoi on sonne le second, jusqu'à la demie, moment où est annoncé l'*Angelus*.

Après l'*Angelus*, on sonne à deux cloches, en haut, avec la cloche de none et la Sourde jusqu'au quart ou environ. On sonne pendant 7 minutes la Sourde avec celle des gens d'armes jusqu'à 5 heures. A 3 h. on sonne en bas les trois petites avec les six du clocher d'en haut. Le *Te Deum* se chante sur le livre et en faux-bourdons pour distinguer les secondes classes des premières et l'on sonne les petites cloches d'en bas dès le commencement du *Te Deum*.

A prime, on sonne à 7 h. 1/2 ou à 8 h. en buquant les deux grosses à diverses reprises, jusque peu de

en branle et tintait la moyenne. Il ajoute que depuis trente ans, époque à laquelle on a fondu la grosse, celle-ci s'étant trouvée discordante avec la moyenne, c'est la moyenne qui est mise à volée, La grosse ayant été refondue en 1671, le réglement de la sonnerie est donc de 1701 ou environ.

temps avant la demie. Alors on met *Marie* à la volée, jusqu'au commencement de prime.

La messe se sonne comme pour les grands doubles. On tinte à diverses reprises au *Kyrie*, et on sonne à volée *Marie*, la moyenne, durant toute la prose.

Pour les secondes vêpres, on commence à sonner en haut à une heure. Un peu avant 1 h. 1/2 on sonne la seconde du clocher de none avec la Sourde. Le reste se sonne comme pour les doubles communs de l'année. Les complies se sonnent comme aux premières vêpres. *L'Angelus* est sonné avec *Marie*.

ARTICLE CINQUIÈME

Sonnerie particulière aux fêtes doubles majeures, à celle des Apôtres, des Martyrs, des Confesseurs et des Vierges du commun.

Tous les jours : à midi, sonnerie de l'*Ave Maria* avec la cloche dite cloche de midi. A une heure, sonnerie à trois cloches, pour le premier coup de none jusqu'au quart : le deuxième sonneur d'en bas sonne une de ces trois cloches d'en haut avec les trois sonneurs ordinaires d'en haut. Un peu avant la demie, sonnerie de la cloche de midi avec *Mère-Dieu* jusqu'à la demie.

A 1 h. 1/2, sonnerie, en bas, des deux petites,

jusqu'aux trois quarts de une heure. Commencement de none. Second coup des vêpres avec la seconde et avec la troisième cloche d'en bas.

Ceci fait, les sonneurs d'en haut recommencent le premier coup des vêpres avec les deux premières cloches du clocher de none. Vient ensuite le second coup, en haut, avec la cloche de none et avec la Sourde, jusqu'au coup de deux heures.

A deux heures, sonnerie de trois cloches en bas en même temps qu'on sonne en haut la cloche de midi et *Mère-Dieu*.

Le même ordre s'observe pour les matines, qu'elles commencent à quatre ou à cinq heures, les jours de fêtes doubles : sonnerie de deux cloches en bas pour le premier coup, jusqu'au quart et pour le second coup, jusqu'à la demie. Son de l'*Angelus*. Sonnerie de deux cloches en haut, jusqu'à la demie. Le dernier coup du haut doit se prolonger jusqu'au dernier coup du bas et même un peu plus longtemps, car les sonneurs d'en haut ne doivent jamais finir de sonner qu'après ceux du bas.

Pour le *Te Deum*, les sonneurs du haut commencent à la dernière leçon par les deux plus petites cloches ; ceux d'en bas commencent à la fin du *Te Deum*.

Prime se sonne à huit heures par le tintement des deux cloches de midi et de *Mère-Dieu*, à diverses reprises, jusques un peu avant la demie. On met ces trois cloches à volée pour finir la demie.

Au *Regi sæculorum immortali*, on sonne la

messe. Le premier est sonné avec la première ; le deuxième est sonné avec la deuxième et avec la troisième, en bas. On sonne ensuite les trois petites ensemble, environ vingt ou trente volées.

Au commencement de la messe, tintement des deux grosses cloches du clocher de none. Un peu avant le chant de l'évangile, on les met à la volée.

A l'*Agnus Dei*, on sonne sexte en bas et en haut

Aux secondes vêpres, on sonne, en haut, les deux cloches de none. On cesse d'abord de sonner la première un peu avant la demie et on la remplace par la Sourde sonnée avec la seconde qui demeure en branle.

Le reste est sonné comme aux premières vêpres. S'il doit y avoir obit ou service le lendemain, on le sonne à la demie, en tintant au quart.

ARTICLE SIXIÈME

Sonnerie particulière aux fêtes doubles ordinaires.

La veille, à une heure, sonnerie avec la petite cloche d'en haut jusqu'au quart. Un 1/2 quart d'heure après, sonnerie avec la Sourde jusqu'à la demie ; puis sonnerie avec la petite d'en bas jusqu'aux trois quarts. Chant de none. Pendant ce chant, sonnerie avec la 2e d'en bas seule et avec la 3e d'en bas également seule, jusque vers 2 heures. A 2 h. moins quelques minutes, sonnerie dans le clocher de none avec la Sourde. Sonnerie ensuite, pour le dernier coup des vêpres, avec les deux petites d'en bas et avec les deux petites d'en haut.

A l'hymne, tintement de *Mère-Dieu* seule, à trois reprises, pour annoncer les complies. A l'oraison de *Magnificat*, mise à la volée de la dite cloche.

Au soleil couchant, sonnerie de tout ce qui est à sonner, avec *Mère-Dieu*.

A matines, même sonnerie qu'aux vêpres. Cette sonnerie se fait, si c'est en été, à 4 heures ; si c'est en hiver, à 5 h., afin de commencer l'office, selon la saison, à 5 ou à 6 h. Le long coup est sonné avec la Sourde, après l'*Ave Maria* qui se sonne comme à midi, et on commence à sonner en bas, comme aux premières vêpres, le *Te Deum*.

Pour annoncer prime, on tinte *Mère-Dieu* de 8 h. à 8 h. 1/2. A 8 h. 1/2, on la met à volée. La messe se tinte avec la même cloche jusqu'à l'évangile. A l'évangile, on la met à volée. Au *Pater*, on tinte la plus grosse de loin en loin, pour la prière du roi, jusqu'à l'*Agnus Dei*. A l'*Agnus*, on sonne les deux petites en bas et les deux petites en haut.

Les dimanches, à cause de la prédication, c'est comme aux semi-doubles. On sonne cérémonie de l'eau bénite et messe en même temps.

ARTICLE SEPTIÈME

Sonnerie particulière aux fêtes simples.

A une heure, sonnerie de la petite cloche d'en haut, pendant un quart d'heure; A une heure et quart, sonnerie de l'obit avec *Mère-Dieu* par trois fois. Si c'est un *obitus solus,* on tinte la plus grosse du gros clocher à trois reprises, et, à la demie, on sonne la seconde de none avec celle de midi et *Mère-Dieu* ; en bas, on sonne les deux petites. Si c'est un gros *obitus solus,* on sonne un peu avant la demie la grosse moyenne à volée, et on buque la grosse et les six autres du clocher de none, pendant un moment [1].

Les matines se sonnent de la même manière que les vêpres : on commence, en bas, par la première, l'*Ave Maria,* à la demie ; on sonne le long coup avec la seconde.

Au *Te Deum,* ou un peu avant d'entonner ce chant d'église, on sonne l'obit d'en haut avec la

1. Il doit s'agir ici d'obits plus ou moins solennels. L'*obitus solus* était ainsi nommé par opposition à l'obit commun. « Tous les jours d'un rite au-dessous de celui de semi-double, avant la messe du jour, on chantait une messe des morts qu'on appelait *obit,* fondé par un particulier ; mais si ce jour était un lundi, l'obit était commun, c'est-à-dire pour plusieurs défunts, dont les noms étaient inscrits dans le martyrologe de l'église, et annoncés à haute voix par le premier enfant de chœur, après la lecture du martyrologe romain, à primes. Ces jours-là, outre l'office du jour, on faisait celui *de Beata,* fondé autrefois par l'évêque Pierre Versé, mort en 1500 ». (*Souvenir d'un vieux Picard... de 1771 à 1781, par* l'ABBÉ TIRON etc, p. 43).

deuxième cloche, comme il est dit ci-dessus. A sept heures et demie, on sonne prime en bas. A huit heures, chant de prime suivi de celui de l'obit. A la fin de la messe on sonne l'obit.

ARTICLE HUITIÈME

Sonnerie particulière aux simples féries.

On sonne, ces jours-là, comme on le fait aux fêtes simples, dès une heure de l'après-midi. On annonce none et l'obit. A la leçon de l'obit, on sonne la première cloche en bas, la deuxième ensuite, puis la troisième, pour les vêpres. Après, on sonne la deuxième en haut, assez longtemps, seule ; on sonne ensuite la première avec la précédente, pour les vêpres, sans sonner aucune petite cloche en bas. Il en est de même à matines, parce qu'il n'y a pas de *Te Deum*, ni de *Gloria* à la messe.

Prime est annoncée avec les cloches du bas, à 7 h. 1/2 : on lance les trois cloches. La messe se sonne de même. Quand on a sonné le premier coup en bas, le sonneur d'en haut sonne la seconde, seule.

Autrefois, après le *Sanctus* de la messe, on sonnait la quatrième jusqu'à *Per omnia*, au lieu de sonner en bas avec la troisième, de 8 h. à 8 h. 1/2.

On sonne ensuite l'obit qui ne se dit qu'après prime ; puis l'obit qui ne se dit qu'à neuf heures.

A 10 heures, dans le temps de l'Avent, on dit la messe du jeûne.

ARTICLE NEUVIÈME

Sonnerie particulière au temps du Carême
et aux offices de la Semaine Sainte.

Dans le temps du Carême, à cause de la prédication qui précédait la messe, les matines étaient sonnées à 4 h. 1/2 du matin au lieu de l'être à 5 h. On les annonçait de la même façon qu'aux simples féries.

Dès le chant de prime, on mettait la moyenne grosse en branle et on battait la plus grosse pour annoncer le sermon.

Les vêpres étaient dites exceptionnellement à 11 heures du matin tous les jours, excepté le dimanche.

A l'hymne des vêpres, on frappait sur la grosse et, à l'oraison de *Magnificat*, on sonnait la moyenne, ce qui se faisait également le premier samedi et tous les dimanches d'Avent.

Les après-midi de Carême, on sonnait Laurente, de 3 heures à 3 h. 1/4, et l'on tintait ensuite l'obit, de 3 h. 1/4 à 3 h. 1/2. Quand ce devait être un *obitus solus*, on tintait la grosse jusqu'à 3 h. 1/2. Sur la fin de l'obit, on sonnait en haut, comme on le faisait les jours simples et fériaux, la seconde

cloche de none jusqu'à 4 heures et l'on commen-
mençait complies.

La veille d'une fête double, on tintait la cloche
de midi en même temps que *Mère-Dieu*, de 3 h. à
3 h. 50 et on les mettait ensuite toutes deux à la
volée, jusqu'au coup de 4 h.

Quand il devait y avoir deux messes en Carême,
comme cela arrivait presque journellement, on
disait celle de l'obit après la prédication. On tintait sexte et none et l'on sonnait la seconde messe
ensuite. Quand il y avait à dire les litanies, comme
il arrivait trois fois par semaine, la seconde messe
commençait seulement après les litanies.

A la suite du dernier évangile on sonnait les
vêpres.

Quand il y avait une fête de saint, on disait
d'abord la messe du saint, puis celle de la férie.

Il est bon de faire cette remarque : le samedi
qui précédait le premier dimanche de Carême, on
annonçait ce dimanche en buquant les deux bourdons, vers 3 h. 1/2. Un peu avant 4 h. on mettait
le petit bourdon en branle et on frappait sur le
gros bourdon pour annoncer complies.

La *Veille des Rameaux*, à complies, on devait
sonner les deux cloches de midi et *Mère-Dieu*
comme on le faisait aux fêtes doubles. On en faisait
autant à prime, ce qui fut négligé, pendant quatre
ou cinq ans au plus, dans les années qui précédè-
rent 1701.

Le *jour des Rameaux*, on sonnait matines à 3 h.

pour les commencer à 4 h., à cause de la prédication et de la procession. La procession se faisait au dehors, quand le temps était favorable et l'on sonnait les petites cloches à sa rentrée dans la cathédrale.

Tout s'accomplissait, à la messe, comme à l'ordinaire. Aux vêpres, on sonnait les complies, à l'hymne, dans le gros clocher. On y sonnait à volée à l'oraison de *Magnificat*.

Le *mardi de la semaine sainte*, un peu avant 3 h. on battait les deux bourdons pour annoncer l'obit général ; à 3 h. on sonnait à volée ; un quart d'heure après, commençait l'obit, et, pendant les vêpres des morts, on sonnait les cloches du clocher de none et celles du clocher d'en bas.

Le mercredi saint, on commençait à sonner prime en bas, de 7 à 8 heures. Pendant le chant de prime on battait les bourdons. Après prime se disaient les commendaces [1] durant lesquelles on sonnait les cloches d'en bas et celles du clocher de none. Ensuite venait la messe pendant laquelle on ne sonnait pas. A la fin de la messe on disait sexte, none, les litanies. Ensuite venaient la seconde messe et les vêpres sonnées comme à l'ordinaire. Le mercredi à midi, c'est à dire à 3 heures sonnées, on mettait la Sourde à volée jusqu'à la demie. On la tintait de 3 h. 1/2 à 3 h. 3/4. On la sonnait de nouveau de 3 h. 3/4 à 4 h. A 4 h. complies. Après les

1. Offices ou prières pour les morts.

complies on sonnait les *Ténèbres* selon le règlement des fêtes doubles. C'est ainsi qu'on sonnait,
en bas, à deux cloches comme à l'ordinaire, jusque
5 heures. A 5 h. commençait le chant des *Ténèbres*.

.Le Jeudi-Saint, on sonnait l'*Ave Maria* à 5 h. 1/2.
On tintait prime ensuite, puis on sonnait la messe
comme aux doubles. La messe finissant, on tintait
l'*absolution* avec la plus grosse[1]. Sur les 9 h. on
la mettait en branle jusqu'au moment ou l'Evêque
faisait son entrée dans la cathédrale. Un peu avant
2 h., on buquait au gros clocher, avec un marteau
de bois, le *Mandatum* qui se faisait à l'évêché. Le
reste s'accomplissait comme la veille.

A midi, le Jeudi-Saint, on sonnait encore l'*Angelus*. Toute sonnerie cessait ensuite jusqu'au moment
du *Gloria in excelsis* de la veille de Pâques.

Le *Vendredi-Saint* l'office se disait tout bas et
en particulier. Les Ténèbres étaient chantées à 3 h.

Le *Samedi-Saint*, l'office, c'est-à-dire les petites
heures, se disaient tout bas. A 8 h. 1/2, on buquait

1. Il s'agit ici d'une cérémonie d'absolution publique donnée
par le célébrant à la suite de l'office du Jeudi-Saint. En 1774
cette *absoute ou absolution* solennelle se faisait dans les églises
avant la grand'messe, après la récitation des petites Heures.
Tous les assistants étant à genoux, le chantre commençait les
sept psaumes de la Pénitence. Le chœur répondait alternativement, sans Gloria Patri. Les oraisons terminées, le célébrant
montait en chaire ou au jubé pour faire une petite exhortation
aux Pénitents, leur enjoignant de réciter tout bas le *Confiteor*,
puis, la main droite étendue sur le peuple, il prononçait la
formule de bénédiction dite d'absolution. Lorsque l'Evêque faisait lui-même la cérémonie de l'absoute dans la cathédrale, les
curés de la ville l'omettaient dans leurs paroisses, par respect
pour la dignité épiscopale.

un instant, avec un marteau de bois, les cérémonies du gros cierge. Chant des prophéties et des
litanies ; cérémonie de l'eau bénite. Pour cette
cérémonie on se rendait processionnellement aux
fonts baptismaux. Au *Gloria* de la messe, les
cloches d'en bas et celles du clocher de none étaient
mises à la volée. A la fin de la messe, chant des
vêpres.

A midi, on sonnait la messe en carillon [1]. A 3 h.
on battait les bourdons pour le chant des complies.
Sur les 4 h. on les mettait en branle et les chants
commençaient. A 8 heures, après la sonnerie de
l'Angelus, il y avait carillon. *L'Angelus* était
annoncé avec les deux bourdons.

ARTICLE DIXIÈME

Sonnerie particulière à certaines fêtes de l'année.

PÂQUES. — A 3 h. du matin, on mettait les deux
bourdons en branle jusqu'au quart : le reste s'accomplissait comme il fut dit précédemment quand
nous avons parlé des fêtes de première classe.

Pour annoncer prime, qui se chantait à 7 h. 1/2,
on mettait les deux bourdons en branle.

A midi, *Angelus* sans carillon. Le sermon, qui se
donnait à une heure, était annoncé avec le gros

1. A quatre cloches.

bourdon que l'on mettait à volée seulement quand l'Evêque prêchait. A la fin de la prédication, on sonnait les trois petites cloches d'en bas, puis on carillonnait trois volées fort légèrement ; pour le dernier coup on carillonnait le petit bourdon mis à volée et l'on se contentait de buquer le gros.

A la fin des complies on commençait à carillonner pour le grand salut. Entre deux carillons on buquait les bourdons, on les mettait ensuite en branle et l'on carillonnait la *Mère-Dieu*. Point d'Angelus, au soir.

Le lundi et le mardi de Pâques étaient fêtes doubles. On sonnait à 5 h. 1/2, comme on le faisait lors d'un double commun, les matines qui étaient fort courtes. Le lundi, la messe était chantée à Saint-Firmin ; le mardi, à Saint-Nicolas. Au retour de la procession, on sonnait selon la coutume. Les autres jours de la semaine, on disait matines à 6 h. mais dorénavant, c'est-à-dire tout l'été, elles commençaient à 5 heures.

Pendant tout le temps de Pâques, il n'y avait que trois psaumes et trois leçons à matines. Tous les jours on chantait le *Te Deum* et le *Gloria* à la messe, hormis le lundi des Rogations.

QUASIMODO. — « *L'octave du grand Pâque* » qui est le dimanche blanc, *Angelus* avec la cloche de midi. A 1 h., 3 cloches en haut, pour le premier coup de none, et 3 autres cloches un peu avant la demie. Le reste de la sonnerie comme à l'ordinaire.

ROGATIONS. — Le lundi des Rogations, si l'on va à Saint-Acheul, on dit prime à 7 h. On les dit à 7 h. 1/2 si l'on doit aller ailleurs en procession.

SAINT-JEAN. — Lundi, jour de saint Jean, seconde classe, tout se fait comme il est déclaré ci-devant. Les reliques sont exposées à l'autel « comme pour un grand double ». On fait la procession dans les cloîtres, et, durant la procession, au lieu du carillon, on sonne la cloche de midi et *Mère-Dieu*.

SAINT-MARC. — Pour la procession de saint Marc, on tinte le bourdon pendant une demi-heure. On met ensuite la moyenne à volée pour l'appel à la prédication. A l'élévation de la messe du jour, on sonne le premier coup de la procession, en bas. Au chant de l'*Exurge*, on sonne le second coup. C'est la même sonnerie, les trois jours des Rogations.

ASCENSION. — La veille de l'Ascension, sonnerie comme ci-dessus. Sermon, procession, carillon.

SAINT-HONORÉ. — Comme ci-dessus. Le soir procession dans les cloîtres et à Saint-Firmin-le-Confesseur, avec la châsse du saint. On carillonne la « gendarme » et, en passant par le parvis, on cesse de carillonner. On « buque » alors au gros clocher. En sortant de Saint-Firmin, pour rentrer à la cathédrale, on carillonne la grosse du clocher de none, c'est-à-dire la *Mère-Dieu*.

PENTECÔTE. — La veille, comme à Pâques. Il y a eau bénite et on sonne prime en tintant la cloche de Midi avec la *Mère-Dieu*. On commence prime à

8 h. Le reste de la journée et les deux fêtes du lundi et du mardi, comme à Pâques.

Trinité. — La veille de la Trinité, fête de seconde classe, procession autour de la cathédrale, après la prédication. On sonne les deux grosses cloches du clocher de none. Il y a matines au soir jusqu'au jour de l'Assomption, quand il y a fête de première ou de seconde classe. Sonnerie d'après le règlement des fêtes de seconde classe.

Fête-Dieu. — Saint-Firmin-le-Confesseur. — Saint-Firmin-le-Martyr. — « A la Fête-Dieu », matines au soir. Carillon à cause de la procession générale. — Aux fêtes de Saint-Firmin-le-Confesseur, de la Nativité, de Saint-Firmin-le-martyr, comme ci-dessus pour la sonnerie des veilles de fêtes. Carillon à midi. Sonnerie à 3 heures. — Carillon le soir, la veille de la Nativité, fête de la paroisse, et exposition du Saint-Sacrement; semblable exposition le soir, la veille de saint Firmin, martyr.

Toussaint. — Carillon la veille de la Toussaint, parce que fête de 1re classe. Le jour même, prédication à une heure, puis chant des vêpres. Au *Magnificat* on « buque » pour les vêpres des morts ; on met le petit bourdon à volée, et, quand on commence les vêpres, on sonne toutes les cloches en bas et en haut, sans sonner ensuite jusqu'au lendemain. Les matines du lendemain s'annoncent comme celles des fêtes doubles. A prime, on sonne à 7 h. 1/2 et en « buquant » au gros clocher. A

8 h., on met en branle les bourdons. On dit prime.
Après on chante les commendaces et on met
toutes les cloches en branle pendant tout ce chant
des commendaces. On sonne ensuite la messe de
la même façon qu'on le fait aux fêtes doubles. A
9 h., la procession sort et se rend au cimetière
Saint-Denis. On suit le chemin qui longe l'évêché,
on fait le tour, comme d'usage. Pendant la procession, on doit sonner à trois cloches, à deux reprises,
au clocher de none. En rentrant dans l'église, on
recommence à sonner toutes les cloches tant que
l'on fait le tour du Machabée. On commence tierce
des morts, puis on dit la messe, sans sonner.
Après la messe, sexte. None se sonne à une heure
et à deux cloches. Le second coup de none, comme
aux fêtes doubles. Quand on a tinté l'obit qui doit
être *solus*, ce jour-là, on sonne à une cloche, pour
les vêpres.

ARTICLE ONZIÈME

*Sonnerie particulière à la cérémonie
du renouvellement de l'Hostie et sonnerie
d'Extrême-Onction.*

1. En vertu d'une fondation du chanoine Pecquet,
il y avait une cérémonie particulière pour le renouvellement de la Sainte-Hostie, le premier dimanche
de chaque mois. Voici comment les choses se
passaient.

Le samedi soir, depuis Pâques jusqu'à la Saint-Remi, de 9 à 10 h., et depuis la Saint-Remi jusqu'à Pâques, de 8 à 9 h., on commençait à carillonner. On sonnait d'abord la *gendarme* jusqu'au quart ; on buquait ensuite les deux grosses ; à la demie, on carillonnait la cloche de midi ; on buquait de nouveau jusqu'aux 3/4 et l'on carillonnait des hymnes. On buquait pour la troisième fois, et, sur les 9 ou 10 heures, selon la saison, on carillonnait la *Mère-Dieu*.

Après l'évangile de la messe, on battait de nouveaux les deux bourdons. On carillonnait quelques hymnes jusqu'à l'*Agnus Dei*. Quand cette prière était achevée, on relevait le Saint-Ciboire où était la Sainte-Hostie renouvelée. Pendant ce temps-là on chantait un motet et on mettait encore le gros bourdon en branle et en même temps *Mère-Dieu* en carillon.

2. Quand un chanoine était malade et qu'il paraissait y avoir danger de mort, on lui portait la communion. On sonnait alors la cloche du chapitre, à moins que ce ne fût dans la nuit. Si on devait lui administrer l'Extrême-Onction, on sonnait la cloche du chapitre et ensuite celle de l'Extrême-Onction entre les deux coups de celle du chapitre. Au retour à la cathédrale, on sonnait encore celle de l'Extrême-Onction et l'on se mettait en prière avant de se retirer.

ARTICLE DOUZIÈME

Sonnerie particulière aux prières des quarante heures, en temps de contagion.

On commençait à carillonner le soir avec la Sourde et les trois cloches suivantes successivement. Entre la troisième et la quatrième volée on « buquait » la *Mère-Dieu*.

Le lendemain, quand on devait exposer le Saint-Sacrement d'assez grand matin, on « buquait » avant de sonner le premier coup de matines ; au second coup, on « buquait » de nouveau jusqu'au moment du dernier coup. Alors on exposait le Saint-Sacrement.

Si le Saint-Sacrement ne devait être exposé qu'après la messe du chœur dite à 10 h., on « buquait » pendant la messe et à la fin de la messe on faisait l'exposition au son des deux bourdons mis en branle.

Vers le soir, une heure avant de rentrer le Saint-Sacrement dans le tabernacle, on carillonnait trois volées et l'on « buquait » entre les volées. Au dernier coup de carillon, on mettait les bourdons en branle, on commençait le salut, et, à la fin du salut on mettait de nouveau les bourdons en branle.

Le soir, à 8 h. on recommençait à carillonner pour annoncer le second jour des prières des quarante heures : on sonnait quatre volées, comme la veille, sans « buquer » au gros clocher. Le second et le troisième jour des prières, tout se passait de la même façon que le premier jour.

ARTICLE TREIZIÈME

Sonnerie particulière aux jubilés.

L'ouverture des jubilés se faisait ordinairement le dimanche par la procession qui avait lieu à 8 heures. Aussi, dès le samedi soir, carillonnait-on quatre volées pour avertir le public de ce qui allait se passer le lendemain. On « buquait » entre les volées, et, à la dernière, si les sonneurs étaient avertis, on mettait les deux bourdons en branle.

Le matin du dimanche, pendant le chant de prime, on « buquait » les deux bourdons. Vers la fin de prime, on sonnait deux fois les petites cloches sans carillon pour annoncer la procession, quand elle se faisait à l'intérieur. Sortait-elle de l'église, on sonnait seulement les deux grosses cloches de none, à sa sortie comme à sa rentrée. Les mercredi, vendredi et samedi, jours où l'on allait à la Station, on « buquait » avant le premier coup de matines ; on en faisait autant au quart, et, avant le long coup, on « buquait « pour la troisième fois.

Ainsi en arriva-t-il, lors du jubilé accordé par Innocent XI, en 1677.

En 1690, le premier dimanche de juin, on fit la procession générale ordonnée par le Chapitre, le siège épiscopal vacant, à 8 h. du matin, comme précédemment.

Il y eut prédication à une heure, pour faire l'ouverture du jubilé octroyé par Alexandre VIII, au commencement de son pontificat. Ce fut un capucin qui prit la parole. La sonnerie fut la même que celle relatée plus haut, hormis qu'on n'a pas mis les deux bourdons en branle le soir, les sonneurs n'ayant pas été prévenus.

ARTICLE QUATORZIÈME

Sonnerie particulière au chant du Te Deum
*qui devait suivre la prise d'une ville
ou le succès d'une bataille.*

Quand le *Te Deum* était immédiatement chanté après les vêpres suivies des Complies, on « buquait » par trois fois au gros clocher, pendant le chant des vêpres.

Au commencement du *Te Deum*, on sonnait toutes les cloches des trois clochers. La fin de la sonnerie d'en bas était le signal de l'arrêt de celles du gros clocher et du clocher de none. C'est ainsi que tout s'est pratiqué sous l'épiscopat de « Monsieur l'évêque messire François Faure ».

Du temps de Monseigneur Caumartin, on ne

chantait le *Te Deum* qu'à 4 ou 5 h. Souvent, Monsieur le duc de Chaulnes voulait y assister. On carillonnait les quatre volées, une heure durant, et on « buquait » les grosses cloches entre les volées. On a, pendant un certain temps, avant l'année 1701, interrompu le carillon, contre l'ancien usage.

Il appartenait au sous-trésorier chargé du payement des sonneurs de régler l'usage de la sonnerie.

ARTICLE QUINZIÈME

Sonnerie particulière au chant du Te Deum
relatif à la proclamation de la paix
après une longue guerre.

Le dimanche 21 février 1660, après les vêpres, on publia, suivant l'usage, « par la ville et tous les carrefours et places publiques » la paix des Pyrénées qui venait d'être conclue entre la France et l'Espagne, le 7 novembre 1659, après une guerre de plus de 25 ans.

Dès 7 heures du soir on commença à carillonner des hymnes sur les six cloches du petit clocher. On sonna ensuite quatre volées pour donner satisfaction à diverses personnes qui, depuis longtemps déjà, trouvaient fort harmonieuse cette sonnerie des cloches.

A 8 h. on commença à carillonner au clocher de none. On le fit jusqu'à 10 heures, et, dans l'inter-

valle de chaque carillon, on « buquait » les deux
bourdons au gros clocher.

A 11 heures du soir, on carillonna en même
temps, au clocher de none, la cloche de midi et
Mère-Dieu et l'on mit à volée les deux bourdons.

Le lundi 22 était le jour choisi pour le chant du
Te Deum.

Dès l'*Angelus* de midi, on carillonna quatre
volées au clocher de none.

Après les vêpres du jour qui étaient celles de la
fête de la Chaire de Saint Pierre, on recommença
le carillon comme précédemment, en « buquant »
les bourdons par intervalles. On en agit ainsi
jusqu'à quatre heures, en attendant que tous les
corps d'Etat fussent réunis à la cathédrale. A l'arrivée de M. d'Ormesson, intendant de Picardie, on
commença le *Te Deum* en même temps que la mise
en branle de toutes les cloches de la cathédrale.
En l'absence de l'Evêque et du Doyen du chapitre,
M. de Robbeville (?), archidiacre et théologal, dit
l'oraison, en sa qualité de chanoine semainier. Le
soir, il y eut de grandes réjouissances dans la ville
et feu d'artifice. Vers neuf heures on recommença
le carillon des petites cloches ; on sonna ensuite
celles du clocher de none, comme on l'avait fait la
veille, jusque dix heures. La cloche du beffroi sonna
pendant deux jours. Le lendemain 23, pendant toute
la messe ordinaire du chœur, on « buqua » au gros
clocher, par trois reprises et on chanta une messe
fort solennelle de la Trinité en action de grâces.

Tous les corps d'Etat et toute la ville y assistèrent.

La guerre recommença en septembre 1667. Elle dura peu et la paix d'Aix-la-Chapelle y mit fin le 2 mai 1668. On sonna, à cette occasion, comme précédemment, mais on y mit moins de solennité.

Nouvelle guerre, cette fois avec la Hollande et autres Etats d'Europe, le 25 avril 1672. Le 6 mai 1679, par un samedi, on publia encore la paix au son des cloches ordinaires et de celle du beffroi. Le dimanche, il y eut *Te Deum* après vêpres, au son ordinaire des cloches et il n'y eut guère moins d'éclat et de sonnerie qu'en 1660, à l'occasion de cette paix, dite paix de Nimègue.

On ne laissa point de sonner encore et de carillonner les petites cloches, le soir du 8 avril 1691, à cause de la capitulation de la ville de Mons qui se rendit à l'obéissance du roi.

Le 6 mai, on chanta le *Te Deum*, la musique se mit au jubé avec trompettes et timbales, le grand orgue donna dans la circonstance, les tambours se placèrent dans les voûtes et les galeries. On sonna six volées de carillon à midi, et, après le dernier coup des vêpres, on recommença à carillonner. A la fin des complies fut entonné le *Te Deum*. Comme c'était un dimanche, toute la ville se pressa à la cathédrale. Le soir, grand feu d'artifice sur le grand marché pendant que la grosse cloche du beffroi était mise en branle.

La guerre recommença de nouveau en 1681 entre l'Espagne, la Hollande, l'Angleterre, le prince d'Orange se déclarant roi, la Savoie avec l'Empereur d'Allemagne et la France, qui voyait tous ces peuples coalisés contre elle.

Louis XIV fit la paix avec le duc de Savoie et elle fut publiée à Amiens le 23 septembre 1696, jour de dimanche, sur le midi, en présence de MM. de la ville montés à cheval en robes et en toques. Le *Te Deum* fut chanté le 25 septembre, jour de saint Firmin, avec les démonstrations accoutumées.

Peu de temps après, le 27 novembre 1697, on publia la paix entre la France et l'Espagne, l'Angleterre et la Hollande.

Cette proclamation se fit à l'heure de midi, devant M. Bignon, intendant de Picardie, vêtu de sa robe rouge, MM. du présidial et MM. de Ville également en robe et à cheval. Ils étaient précédés de toutes les compagnies et garnisons avec tambours et trompettes. On les vit partout, jusque « par les carrefours de la ville ».

Le jour même, vers les 3 heures, se chanta le *Te Deum*. On l'avait annoncé dès la veille par la sonnerie de la grosse cloche de la ville mise en branle de 6 à 10 h. du soir. A Notre-Dame, on carillonna vers les 8 heures, de la même façon que dans les mêmes circonstances du passé. La sonnerie se termina vers 10 h. du soir seulement.

Le 25 janvier 1698 on sonna la grosse cloche de ville à l'occasion de la paix signée entre le roi de France et l'empereur d'Allemagne. Le *Te Deum*

fut chanté le 26, mais avec moins de démonstrations religieuses et civiles que précédemment.
Tant il est vrai de le dire : ce qui se renouvelle
à des époques trop rapprochées finit par laisser le
public indifférent.

ARTICLE SEIZIÈME

Sonnerie particulière aux enterrements des Evêques
et des Doyens du chapitre.

Il était de règle générale, en France, lors du
décès de l'Evêque, d'un Doyen du Chapitre, même
d'un simple chanoine, de le faire savoir au public
par le son des cloches, afin de réclamer en leur
faveur les prières des fidèles.

1. Voici ce qui arriva en particulier à Amiens,
lors du décès de Monseigneur Caumartin, qui sur-
vint sur les 2 heures du matin, le mercredi 27 de
novembre 1652.

Après le dernier coup des matines, à 6 h. du
matin, le 28, on sonna trois volées au clocher de
none avec les six cloches ordinaires et l'on n'en fit
pas davantage.

Monseigneur Caumartin ayant été exposé à découvert, dans la chapelle de l'Evêché, le mercredi, le
jeudi et le vendredi, on sonna, le mercredi et le
jeudi, trois volées à 7 h. du soir, au clocher de none
seulement. Le vendredi, on alla processionnelle-

ment lever le corps en la chapelle de l'évêché et on sonna toutes les cloches des trois clochers. Le corps fut porté par la basse rue, par le grand marché, par la rue Saint-Martin, en la cathédrale, pour être inhumé dans la chapelle Saint-Pierre. L'Evêque avait le visage découvert. On lui avait mis sa belle chasuble, sa crosse et sa mitre.

Le service fut remis au lundi à cause de la fête de saint André, apôtre. Le samedi et le dimanche au soir, on sonna trois volées avec toutes les cloches des trois clochers, jusqu'à 9 h. Le lundi eut lieu le service. A la fin de la messe, les cérémonies d'encensement furent faites par les quatre premiers dignitaires, en chape, placés aux quatre coins de la représentation.

2. Voici ce qui se passa lors du décès de Monseigneur François Faure, évêque d'Amiens.

Ce décès subit étant arrivé à Paris, le dimanche 11 mai 1687, sur les 10 h. du matin, en la maison de M. de Breteuil, intendant des finances, on l'apprit le lendemain de grand matin par un courrier qui arriva la nuit. En conséquence, dès 7 h. du matin, après le chant des matines, le Chapitre s'assembla et l'on fit lecture de la lettre d'avis de M. de Breteuil à Monsieur de Joyeuse, prévôt de l'Eglise d'Amiens, neveu du dit sieur évêque.

On fit aussitôt les prières en Chapitre et on donna ordre de sonner aussitôt toutes les cloches des trois clochers pour en donner avis à toute la ville et afin de réclamer des prières en faveur de l'âme du défunt. On continua la même sonnerie à midi, au soir et les trois jours suivants.

Le jeudi, 15 mai, le corps arriva sur les 10 h. du soir à l'évêché et fut déposé dans la chapelle. Le lendemain, le Chapitre s'y rendit avec la croix pour y réciter le *De profundis*, puis y vinrent les Chapitres de Saint-Firmin-le-Confesseur et Saint-Nicolas. Les paroisses et toutes les communautés religieuses d'Amiens les y suivirent.

Le 19, lendemain de la Pentecôte, à vêpres, on alla processionnellement à l'évêché, on fit les prières, on leva le corps qui fut porté par six chanoines et six laïques « revêtus pour soulager ces messieurs à cause du grand tour par le grand marché ». Arrivé là, on se reposa, et le corps fut porté par six autres chanoines jusqu'à l'église.

C'était contre le règlement de sonner, quatre ou cinq jours durant, toutes les cloches de la cathédrale et l'on aurait dû s'en tenir à ce qui avait été fait lors du décès de Monseigneur Caumartin. Il en arriva que le marteau ou battant de la grosse cloche fut cassé.

Lors de l'enterrement de Monseigneur Faure, ni les religieux, ni les autres corps de la ville ne furent conviés aux cérémonies.

3. Lors du décès de M. de Louvencourt, doyen, arrivé le 14 septembre 1652, par un samedi, sur les 5 h. ; de M. Pioger, arrivé le samedi 30 août 1670 ; de M. François Hodencq, docteur et doyen, arrivé le samedi, dernier jour de juin 1691, — le premier

inhumé dans sa chapelle, les deux autres à la petite paroisse — on sonna aussitôt le décès par trois
volées des cloches du clocher de none. Le soir de
l'enterrement, on sonna trois volées au clocher de
none et l'on « buqua » les deux bourdons. La dernière volée fut sonnée avec les cloches de none.

ARTICLE DIX-SEPTIÈME

*Sonnerie particulière aux enterrements
des chanoines.*

Le 23 septembre 1692, il fut arrêté par le Chapitre que désormais, lors du décès d'un chanoine
et immédiatement après, on sonnerait les 4 plus
grosses cloches du clocher de none pour l'annoncer
aux fidèles. Après 8 h. du soir, en hiver, et 9 h. en
été, on devait attendre le lendemain et ne sonner
qu'après le dernier coup des matines. On ne devait
sonner qu'avec quatre cloches pour qu'il soit établi
une distinction entre la sonnerie du doyen et celle
des chanoines.

Il y eut quelques modifications à cet arrêté, dans
le siècle suivant. La coutume s'introduisit de ne
plus sonner le trépas aussitôt après le décès. On le
faisait, auparavant, savoir au Chapitre et l'on attendait que les parents du chanoine fussent venus
prendre l'heure de l'enterrement.

Voici alors comme on procédait. Sur la fin des

vêpres ou un peu après, on « buquait » les bourdons.
On mettait ensuite la moyenne en branle pour l'appel
des sonneurs et du peuple, et on sonnait toutes les
petites cloches ensemble pour rassembler le cortège funèbre. On se rendait processionnellement à
la porte de la maison mortuaire pour y faire les
prières d'usage. Avant la levée du corps, on tintait
les cloches du clocher de none, les unes après les
autres, et au retour de la procession on les mettait
en branle. A l'approche du parvis de la cathédrale,
on mettait le petit bourdon à volée et on «buquait»
le gros. Lors de l'entrée du corps dans l'église, on
sonnait les petites cloches toutes ensemble. Quand
il y avait pénétré, on ne sonnait plus que les petites
cloches avec celles du gros clocher. Au *Venite*, on
sonnait celles du clocher de none ; aux trois
psaumes, les petites et celles du gros clocher ; aux
leçons, celles du clocher de none et ainsi de suite
alternativement pendant le chant des autres noc-
turnes et des laudes. Les chants terminés, on sonnait toutes les cloches pour l'inhumation qui se
faisait, comme on le voit, dans l'après-midi. La
cérémonie ayant ainsi pris fin, le clergé retournait
au chœur.

Le lendemain matin, quand reprenaient les
prières, on « buquait » les bourdons. Pendant les
commendaces et durant toute la messe, on sonnait
toutes les cloches alternativement comme on l'avait
fait pendant les vigiles. La messe se terminait par
le chant ou la récitation du *Miserere mei Deus*.

Pendant ce chant ou cette récitation, on sonnait de nouveau les cloches de tous les clochers.

ARTICLE DIX-HUITIÈME

Sonnerie particulière au service du Roi
et des personnages de la famille royale.

Quand mourait le Roi de France ou quelque personnage de la famille royale, on faisait, à la cathédrale, pour le repos de leur âme, un service d'un ou de plusieurs jours, selon les circonstances.

La sonnerie était celle des offices funèbres les plus solennels.

Ainsi, lors de la mort de Louis XIII, survenue en juin 1643, on fit un service de trois jours annoncé tous les soirs par le son des cloches. Tous les corps d'Etat y assistèrent, mais on n'y fit pas d'oraison funèbre.

Au service de la Reine Mère, en 1666, on fit quatre services et l'on sonna de la même façon qu'au décès du roi.

A la mort de la Reine, on fit un grand service, sur le désir de MM. de la Ville. Ce service eut lieu à la date du 19 septembre 1683. Il y eut une magnifique représentation au milieu du chœur et la cathédrale fut superbement décorée. L'office funèbre avait été annoncé la veille par une grande sonnerie et il y eut, à la messe, oraison funèbre par l'Abbé de Saint-Acheul.

ARTICLE DIX-NEUVIÈME

*Sonnerie particulière à l'enterrement de certains
grands personnages.*

Il ne pouvait évidemment y avoir rien de fixe
à ce sujet. On peut cependant se faire une idée de
ce que devait être le service funèbre d'un grand
personnage par celui du duc de Chaulnes, vidame
d'Amiens, mort en 1649 et provisoirement déposé,
en 1650, dans la chapelle de Saint Jean-Baptiste,
retro chorum, qui se trouvait derrière le chœur, à la
cathédrale.

Le 28 du mois d'octobre 1650, en la fête des
saints Simon et Jude, après les vêpres chantées
à 1 h., on alla jusqu'à la porte de Noyon processionnellement afin d'y recevoir le corps de M. le duc
de Chaulnes, décédé en sa maison de Chaulnes où
était Monseigneur de Caumartin, évêque du diocèse.
Tout le Chapitre de la cathédrale, tout le clergé et
tous les religieux des ordres mendiants de la ville,
faisaient partie du cortège funèbre.

À l'arrivée du corps, Monseigneur de Caumartin
le présenta au Doyen du Chapitre. On en profita
pour faire à l'honneur du défunt « une fort belle
harangue et Monseigneur l'Évêque y répondit par
une belle réciproque », dit le texte que nous con-
sultons.

Le corps fut porté sur un brancard jusqu'à la

porte de la cathédrale, en suivant comme parcours, la rue des Trois Cailloux, la rue des Sergents, etc. Il fut placé dans le chœur, à la place ordinairement occupée par le lutrin. Là était dressée une magnifique représentation élevée de huit marches. On y voyait la couronne ducale, le bâton et toutes les marques de la grandeur de l'illustre défunt. A peine y restait-il place pour les chantres et musiciens. Tout le chœur était magnifiquement tendu. Il en était de même de l'autel, du jubé et de la nef.

Ce jour-là, on se contenta de sonner trois volées à trois cloches. Le lendemain, la sonnerie eut lieu avec la solennité habituelle. Après la messe, on porta le corps en la chapelle Saint-Jean-Baptiste du *retro,* où il reposa jusqu'au décès de Madame la duchesse de Chaulnes, arrivé le 4 novembre 1681.

Elle mourut, comme son mari, à Chaulnes et son corps fut transporté également à Amiens, le 8 suivant. Il fut reçu à la porte de la cathédrale par l'Evêque et le Chapitre. Huit domestiques de sa maison avaient porté la dépouille mortelle de son mari, à cause de la pesanteur du cercueil qui la contenait. Ici, ce furent huit chanoines qui s'acquittèrent de cette fonction. Madame la duchesse fut inhumée en la chapelle de son mari. Alors on se mit à sonner toutes les cloches de la cathédrale et chacun s'en fut prendre place pour entendre l'oraison funèbre. Elle fut « fortement prononcée », est-il dit, par le père Page, religieux jacobin du grand couvent de Paris. Le 4 mai 1692, le lundi des Rogations, on fit un grand service à Madame de Chaulnes. Il y eut en la circonstance « belle et magnifique représentation et pompe funèbre ». La sonnerie fut tout ce qu'il y avait de plus solennel. Après le service, sur les deux heures de l'après-midi, le corps de Madame de Chaulnes, comme celui de son mari, furent emmenés à Picquigny.

En 1520, le sous-trésorier de l'évêché avait payé la somme de quatre livres « pour tout le sonnage « du service de Mons. feu de Piennes, lieutenant- « général du Roy au pays de Picardye »[1].

1. ARCH. DE LA SOMME, G. 542.

TABLE DES MATIÈRES

CHAPITRE PREMIER

Préchantre, chantres et musiciens.

CHAPITRE DEUXIÈME

Maîtrise et Enfants de chœur du Chapitre d'Amiens.

CHAPITRE TROISIÈME

Les officiers de la Trésorerie.

CHAPITRE QUATRIÈME

Les Gardes du Chapitre de la Cathédrale.

CHAPITRE CINQUIÈME

Clochers et cloches de la Cathédrale.

CHAPITRE SIXIÈME

Sonneurs et sonnerie de la Cathédrale.

LISTE DES SOUSCRIPTEURS

Monsieur le Vicomte Blin de Bourdon.

Monseigneur Guignot, protonotaire apostolique, Vicaire général.

Monsieur l'abbé Devaux, supérieur du Grand-Séminaire, Vicaire général.

M. l'abbé Daveluy, Vicaire général, Doyen du Chapitre, archidiacre de N.-D., Amiens.

M. Alfred Bigorgne, le Quesnel.

M. l'abbé Depissy, Chapelain de la cathédrale, 48, rue Jules Barni, Amiens.

M. le chanoine Mantel, supérieur de la Providence, Amiens.

M. Georges Antoine, architecte, maire d'Amiens, 2, rue d'Alger.

M. l'abbé Ranson, curé de Béthencourt-sur-Somme.

M. l'abbé Lasorne, curé auxiliaire, Hangest-en-Santerre.

M. le chanoine Rohault, aumônier de l'Espérance, Amiens.

M. l'abbé Gadré, curé-doyen de Nouvion.

M. Henri Macqueron, 24, rue de l'Hôtel-Dieu, Abbeville.

M. Henri Wamain, trésorier de la Société d'Histoire et d'Archéologie de Vimeu, 51, rue du Lillier, Abbeville.

M. Virgile Brandicourt, 21, r. de Noyon, Amiens.

M. Edmond Soyez, 22, rue de Noyon, Amiens.

M. l'abbé Cardon, professeur à l'École St-Martin, Amiens.

M. Schytte, 1, rue Delpech, Amiens.

M. l'abbé Serin, curé de Mézières-en-Santerre.

M. Lancel, 285, rue Jules Barni, Amiens.

M. Félix Lamy, entrep. de transport, 21, rue de la République, Amiens.

M. Roger Rodière, 77, Grande Rue, Montreuil-sur-mer.

M. l'abbé Fernet, curé de Bazentin.

M. Léon Ledieu, 12, rue Porion, Amiens.

M. Pierre Cosserat, rue Delpech, 21, Amiens.

M. Maurice Cosserat, rue Jules Lardière, 16, Amiens.

M. le Comte de Proyart de Baillescourt, Morchies, par Beaumetz-lès-Cambrai.

M. l'abbé Cocrelle, maître de chapelle, 1, rue Cormont, Amiens.

M. C. Boulanger, archéologue, Péronne.

M. Léon Debry, propriétaire, 74, rue de Castille, Amiens.

M. A. Demailly, 109, Boulevard Pont-Noyelles, Amiens.

M. le chanoine Galot, Supérieur de l'École libre Saint-Vincent, Montdidier.

M. Charles Codevelle, 73, rue Lemerchier, Amiens.

M. Eugène Regnault, employé à la Cathédrale, 6, place Notre-Dame, Amiens.

Le Chapitre de Notre-Dame d'Amiens.

M. le chanoine Guerle, supérieur de l'Ecole libre Saint-Martin, Amiens.

M. Alcius Ledieu, 152, rue St-Gilles, Abbeville.

M. l'abbé Lavoisier, Embreville, Somme.

M. l'abbé Debailly, curé de Morisel.

M. l'abbé Alfred Gambier, curé de Thennes-Berteaucourt.

M. l'abbé Dubourguier, chevalier du St-Sépulcre, curé-doyen de Villers-Bocage.

M. l'abbé Caron, curé de Grandcourt.

M. le chanoine Tronquet, 6, rue de Metz-l'Évêque, Amiens.

M. l'abbé Letierce, 186, rue de Cagny, Amiens.

M. le chanoine Limichin, 9, rue Constantine, Amiens.

M. l'abbé Edm. Delarasse, curé de Saigneville.

M. l'abbé Machet, curé d'Escarbotin.

M. l'abbé Armand, chapelain de la cathédrale, curé d'Estrées-lès-Crécy.

M. l'abbé Léon Delahaye, Mézières-en-Santerre.

M. l'abbé Fourquer, curé de Hangard.

M. l'abbé Léandre Cardon, vicaire à Albert.

Mademoiselle Morel, Mézières-en-Santerre.

Madame de Garsignies, château de Beaufort (Somme).

M. de Garsignies, château de Beaufort (Somme).

M. Romain de Garsignies, château de Beaufort (Somme).

M. Lemaître Sauveur, Moreuil.

M. Michel Wargnier, Arvillers.

M. l'abbé Choquet, curé d'Herleville.

M. l'abbé Vimeux, vicaire à Moreuil.

M. l'abbé Vitasse, curé de Saint-Leu (Oranie).

M. Adrien Huguet, secrétaire de la Société d'Histoire et d'Archéologie du Vimeu, St-Valery-sur-Somme.

M. Gaëtan de Witasse, 21, r. Voiture, Amiens.

M. l'abbé Baudeloque, curé de Forest-Montiers.

www.ingramcontent.com/pod-product-compliance
Lightning Source LLC
Chambersburg PA
CBHW070855030726
47504CB00005B/1345